姚佳黛 ♡ 著

相亲攻略手册

四川文艺出版社

"这是个什么故事?"

"关于你的故事。"

一月，你还没有出现

01 JANUARY
S	M	T	W	T	F	S
		1	2	3	4	5
6	7	8	9	10	11	12
13	14	15	16	17	18	19
20	21	22	23	24	25	26
27	28	29	30	31		

02 FEBRUARY
S	M	T	W	T	F	S
					1	2
3	4	5	6	7	8	9
10	11	12	13	14	15	16
17	18	19	20	21	22	23
24	25	26	27	28		

03 MARCH
S	M	T	W	T	F	S
					1	2
3	4	5	6	7	8	9
10	11	12	13	14	15	16
17	18	19	20	21	22	23
24	25	26	27	28	29	30
31						

04 APRIL
S	M	T	W	T	F	S
	1	2	3	4	5	6
7	8	9	10	11	12	13
14	15	16	17	18	19	20
21	22	23	24	25	26	27
28	29	30				

05 MAY
S	M	T	W	T	F	S
			1	2	3	4
5	6	7	8	9	10	11
12	13	14	15	16	17	18
19	20	21	22	23	24	25
26	27	28	29	30	31	

06 JUNE
S	M	T	W	T	F	S
						1
2	3	4	5	6	7	8
9	10	11	12	13	14	15
16	17	18	19	20	21	22
23	24	25	26	27	28	29
30						

07 JULY
S	M	T	W	T	F	S
	1	2	3	4	5	6
7	8	9	10	11	12	13
14	15	16	17	18	19	20
21	22	23	24	25	26	27
28	29	30	31			

08 AUGUST
S	M	T	W	T	F	S
				1	2	3
5	6	7	8	9	10	11
12	13	14	15	16	17	18
19	20	21	22	23	24	25
26	27	28	29	30	31	

09 SEPTEMBER
S	M	T	W	T	F	S
						1
2	3	4	5	6	7	8
9	10	11	12	13	14	15
16	17	18	19	20	21	22
23	24	25	26	27	28	29
30						

10 OCTOBER
S	M	T	W	T	F	S
		1	2	3	4	5
7	8	9	10	11	12	13
14	15	16	17	18	19	20
21	22	23	24	25	26	27
28	29	30	31			

11 NOVEMBER
S	M	T	W	T	F	S
				1	2	3
4	5	6	7	8	9	10
11	12	13	14	15	16	17
18	19	20	21	22	23	24
25	26	27	28	29	30	

12 DECEMBER
S	M	T	W	T	F	S
						1
2	3	4	5	6	7	8
9	10	11	12	13	14	15
16	17	18	19	20	21	22
23	24	25	26	27	28	29
30	31					

1.

这是我今年的第一场相亲。

很遗憾的，我迟到了将近一个小时。

这家餐厅藏在巷子里的老洋房里，我偏头避开木廊下的几盆吊兰，推开了门，铃铛急促响了几声，不大的店面里，客人们都下意识地抬起头望过来。

我四下看着，显得有些局促。坐在角落里的一个男人朝我招了招手，那张脸是在照片中见过的，说不上眉目清俊，但也算是棱角分明、清爽干净的模样。

"抱歉，今天路上堵得不得了。"我在他面前坐了下来，脱去了带着寒意的外套。

"理解，中环出了连环相撞车祸。"他的手指还在滑动着手机屏幕，显示着城区路段的路况地图。中环一段，红得发紫。

"Sandy你好，我是陆鸣。"他将手机锁屏，翻面扣在了桌面上，然后向我伸出了手。

这个动作让我给他加了很多分，现在的都市人，能把手机翻过去聊天的，大概相当于古代的叩拜大礼了。

我这才开始打量眼前的这个男子。他黑色的皮夹外套里面是灰色的羊绒毛衣，简单干净，细节上却也讲究。餐厅里暖黄色的光线显得有些暧昧,他的面容一半隐在阴影里看不真切,唇边的笑容很淡。

"徐晓莉,叫我晓莉我就行。"我将我很平凡的中文名告诉了他,当然,我的英文名未见得超然脱俗到哪里去,只是图个好记。

陆鸣招呼了人来点餐,我瞄了眼全是英文的菜单,坐直了身子。他抬头问我吃什么。

我扯着嘴唇笑笑:"跟你一样。"

陆鸣也不多话,问了我的忌口,和服务员确认了点单,而后很有礼貌地说了声谢谢。

我对他,又加了不少分。

姑姑跟我说过,陆鸣的父亲是大学教授,母亲是高中老师,他在美国读完管理的研究生,在那儿工作了几年,去年刚回国,很快找到很好的工作,年薪丰厚。姑姑的原话是:"有车有房,没病没灾,条件不要太好。"

我问过姑姑,他这样的条件干吗还相亲。

当时姑姑瞥了我一眼,有点嫌弃地看着我,你条件也不差,不是也找不到对象?

我那是被耽搁了。

我一直这么说,别人也是这么认为。闺密娇娇每次见我,都会指着天骂,林涛个贱人,吃完就跑,算什么东西。

除了"吃完就跑"这四个字我有点不太喜欢之外,其他的我都赞成。

林涛是我的初恋,我们在一起快八年,从十八岁到二十五岁。

他是我的大学同学，我学文，他学理，我们在新生校友会上结识，很快就走到了一起，吵吵闹闹地牵着手，走过了象牙塔里的四年。

　　刚毕业的时候，我们俩就窝在二十八平米的出租房里，过着茶米油盐的小日子。都是刚入社会的新人，生活难免过得有些清苦，除了房租水电之外，几乎没有什么存款。林涛每天加班到很晚，往往凌晨一两点才回来，我早起上班时，他还在酣睡。我挺讨厌这样的生活，觉得就像是两条平行线，只有夜晚的那么几个小时交集在一起，各自沉睡，各自入梦。

　　但我很珍视我们在一起拼搏的青春，我知道我们总会走过这个寡淡的阶段的。我会每个礼拜省顿晚饭钱，买几朵艳丽的玫瑰放在房间里。窗台上我养了几株多肉，我买了很多彩色的玻璃球，阳光好的时候，能看见窗台五彩缤纷的光影。

　　我还买了彩灯，将它们串起来挂在窗帘上，等林涛半夜回来的时候，我就把灯点亮给他看。我说城市太亮，星星都躲到我们家来了。

　　于是我们坐在床边，一起仰着头看彩灯一闪一闪。

　　林涛眼睛里都是彩灯的光，他对我说，晓莉，以后我们会买间大房子。

　　我窝在他的怀里，满是憧憬地问，有多大？

　　他认真地想了想，然后轻吻着我的额头笑着说，至少我们吵架的时候，我可以到隔壁房间睡，而不是睡在地板上。

　　林涛工作很努力，工作的第二年，就接到了大项目，待遇丰厚，前景也可见，只是要去北京。

　　我问他去多久。林涛面有难色，说最少两年。

他去北京之后，我就一个人住在这个二十八平米的小房子里。以前两个人住，总嫌拥挤，现在却觉得有些大了。我们经常联系。有时候想他，我跟他一通视频就开始哭，哭着哭着睡着了，半夜醒了，视频还没关，他还在那头忙着工作。

我躺在床上看着窗帘上的星星想，这日子什么时候是个头。

两年后他在北京的项目结束了。上司很赏识他，想留他在北京继续工作。

他把这事跟我说了，然后沉默了。我问他是否已经决定了，他点了点头。我期待着，他会跟我说，晓莉我们结婚吧。

只要他说，我第二天就辞掉工作去北京找他。

但是他没有。

半年之后，娇娇收到了他婚礼的请柬，我没有。

娇娇把他的请柬撕了，按着请柬里新娘的名字人肉到了她，给她寄了一箱东西。不是炸弹，而是林涛这些年与我的各种合影及往来的信件。

其实是挺多此一举的事情，林涛的婚礼依旧如期举行了。

我在这间二十八平米的房子里躺了整整一个礼拜，与世隔绝，不知昏晨，只看见那躲藏在我的房间里的星星，一颗颗暗淡下去。别傻了，城市里怎么会有星星。

娇娇说她撞破门来捡我的时候，我都要臭了。

我将窗帘上的彩灯摘了下来扔掉，最后还是敌不过心魔，搬到新的住所去了。我仿佛做了一场很长很长的梦，梦过无痕，梦醒之后，我已经二十五岁，马上二十六岁了。

二十五岁以后的年月，特别不经过。然后很快，我二十七岁了。

陆鸣的手机伏在桌面上振了几下，他翻开看了眼，有点歉然地看着我指了指外面。我点头，他便拿起手机走到外面接电话去了。我有意无意偏头看他，廊下枝繁叶茂，将他的身影挡去大半。我也不知那有什么看头，就发神看着，可能是怕他借着接电话的由头就这么跑了吧。毕竟这样的戏码，我让娇娇帮我演了不少。

过了几分钟，他进来了。

正好餐点上桌，我帮着摆餐盘，他重新坐下来，解释道："我母亲的电话，问我们见面是否顺利。"

我想起我们的渊源，他的妈妈与我的姑姑是高中同学，三十年的友情，现在的话说，叫闺密。我只笑不说话，叉起水果沙拉里的圣女果一口吃了。

是否顺利呢？

他只是介绍着点的每道菜的亮点和特色，没有问我任何关于我工作、爱好、家里几口人几套房这样的相亲须知问题。为防冷场，我聊着最近恼人的寒冷天气，聊着堵得够呛的交通和近期热门的话题。我也回避着和他相关以及与我相关的任何话题，直觉告诉我，前者他不一定会说，后者，他不一定想知道。

餐食过半，陆鸣终于提到了相亲这件事。

"其实我还没有相亲的意思，母亲的要求我也不好拒绝。"陆鸣这么说着，看了我一眼，"徐小姐想必也是。"

这样我能说什么呢，人家根本没有相亲的意思，只是走个形式。

我想我只是被姑姑坑了。

我们走出餐厅,街上暖色的灯光落在微雨的路上,空气潮湿且带着寒意,我吸了吸鼻子,把自己裹紧。

陆鸣与我一同走出巷子,然后他说:"下雨了,我送你回家吧。"

我笑着摇头,语气里多少还是带着寒暄:"附近有地铁。"

我们在街角路灯下站着,疏离的雨线落下来,印在他的外套上。他听了也不再提,从手提包里拿出把黑色的折叠伞递给我。

"徐小姐,很高兴认识你。"他唇边扬起淡淡的笑痕,"长辈们那边,还请多多丑言几句。"

这话倒是有意思,我扑哧笑出声:"好说好说。"

我接过他的伞,在街口与他告别。我试图脚步轻快头也不回地走,但心里总有莫名的不悦压着,一时间也说不清楚。

但毫无疑问的,这场相亲,失败了。

2.

在我与陆鸣见面之前，我就有了他的微信。

见面前，我只看了眼他的头像照片，记个脸熟。我想他应该也是，不然也不会叫我"Sandy"，这是我微信上的名字。

洗好澡我躺在床上，举着手机想了会儿，点进了他的朋友圈。统共加起来不超过十则图文，真是一个寡淡的人。

最近的一条朋友圈，是去年的十二月。

一张外滩的照片，色调黑白，冬树萧索，寂寥无人，建筑都显得冷峻。他的配文写着：我来了。

这话像是对谁说的。

我看着有猫腻，又往后翻，再早一则是六月份的，也是外滩，应该是在同样的位置同样的角度照的，只是色调鲜艳了许多，能隐约听见蝉鸣的感觉。他写着："我望见了十二月，十二月大雪弥漫。"

我有些看不懂了，却觉得这个陆鸣，是个有点故事的人。正想继续往前看，电话却打了进来，是娇娇的。

"晓莉你在干吗，相亲相完没，相完快点过来嗨。"电话那头娇娇的声音几乎被杂乱的背景音乐声淹没，"我在衡山路。"

"你今天不是夜班吗？"我愣了愣，看了眼表，现在已经快十二点了。

"小夜班,刚下班直接就来赶场了。"娇娇那边有点喘,"快快快,赶紧的,我看见帅哥了。"我这边沉默了下,暗赞她到底年轻有精力。在急诊上完小夜班还有心力去酒吧赶场的护士,大概没有多少。

"不了。"我暗暗打个哈欠,"今天累了,想早点睡。"

"你等等。"娇娇那边像是找了个安静点的地方,"相亲不顺利吗?"

我迷迷糊糊躺着,跟她大致说了今夜的情形,陆鸣惜字如金的几句话,倒也跟她如数复述了。

"哼,什么叫没有相亲的意思?这话说得万金油得很,跟好人卡没什么区别。还什么'多多丑言'?真是矫情,晓莉啊,你直接跟你姑妈说他是个gay就好了。"娇娇在电话那边叨叨着,她一向对我相亲的事和相亲的人抱着否定意见,这次也不例外,"那你先歇着吧。我玩去了。"

娇娇最后几句话,又淹没在沸腾的音乐里。

我重新打开陆鸣的朋友圈,看着那张黑白色的外滩发神。

"我望见了十二月,十二月大雪弥漫。"

我明白了之前与陆鸣告别时自己淡淡的不悦是什么了,原来是被发了好人卡啊。

隔天与姑姑说了相亲的反馈,言语里透露着些对他的不喜欢。姑姑数落了我几句眼高手低,然后很快又帮我安排了下一场相亲。

在衡山路上的一个咖啡厅,大大的落地窗可以望见街上飘着细雪。这次我早早就到了，点了杯美式咖啡安静地等着。约定时间的前五分钟，走进来了个戴着毛线帽穿着宽大卫衣的高个子男生，约莫二十五六岁，总之看起来要比我小。他晃晃荡荡向我走过来的时候，我心里默默给他扣了几分。

"嗨，是徐晓莉吗？"男生冲我笑了笑，"我是曹满。"

我点头问好，曹满在我对面坐下来，尖尖的凳腿划过地板发出刺耳的声音。

扣分。

"你比照片上要好看。"他把毛线帽摘了，一面拨弄着杂乱的头发一面笑着说。

哪有一见面就评论女生长相的，扣分。这是我可悲的地方，面对陌生人，我总是拿着个计分板。

曹满点了杯热的香草拿铁，然后他捧着杯子问我："徐晓莉，你是什么星座的？"

时间停顿了几秒钟，我老老实实回答道："水瓶。"

"哦。"曹满应了声，侧头想了下，"我是双子，我们性格挺配的。"

这……我猜想我的表情应该是客套地笑着的，内心翻了个白眼，继续默默地扣分。

好在曹满是个外向开朗的人，没有那些局促的寒暄，嘴边的话题也是信手拈来，当然关于星座的话题他与我普及了不少。总的来说我们的见面不算尴尬寡淡，甚至时有欢声笑语。我对曹满虽印象分不太高，但也不至于厌恶，权当随缘结交个朋友的事情。

窗外的雪变大了，大盏大盏的雪片很急很重地落下来，街边的法国梧桐渐染霜白。印象中上海好几年没有下过这么大的雪了。我偏头看着,忽然有些失神。

我记得这条街,以前也时常走。那时候林涛在附近上班,傍晚的时候我就坐地铁到他公司楼下转,等他下班一起回家。他依旧经常加班,我就买杯美式咖啡沿着衡山路一遍遍来回地走。我很喜欢这条路上的各种建筑,别有风味的小洋房和小巧精致的阳台。春天看残存零星寒意的枯树生出新芽,夏天喜欢在树荫下捧起斑驳的光点,秋天喜欢踩梧桐又大又脆的落叶,冬天看着光秃的枝丫幻想着那是做魔杖的绝好材料。

那年冬天格外冷,也是难得下了雪。

我在雪里等了他很久,街边的法国梧桐染了风雪变成白色,他才拖着疲惫的身体出现在公司楼下。他责备我怎么不记得撑伞,满身的雪。我一面笑着说雪不算雨,一面挽起他的胳膊。然后我们在这条路上踏雪慢慢走着,我叽叽喳喳地说着上班的事,他心不在焉地听着。

林涛忽然侧头问我,晓莉,你过得开心吗?

让人摸不到头脑的一句问,我有点纳闷,也没走心。

开心啊,怎么不开心。你今天早下班了呢,回家你陪我看《海绵宝宝》好不好。

有雪片落在我仰起的脸上,初落有一丝凉意的刺痛,然后化成了水。林涛低头看着我,欲言又止的样子。然后他笑着揉了揉我的脑袋,应了声好。

最受不了摸头杀了。

我也不管街上有没有人,搂紧他的胳膊就往他怀里蹭。雪越落越大,他的怀抱很温暖。开心啊,我很开心。

　　然而我后来才渐渐明白,当时林涛问我开心吗是为什么。他或许不是在问我,而是在问他自己。

　　很遗憾的是,我没有给他一个他满意的答案。

　　曹满正在说他的上升星座是双鱼的时候,我的手机振动了,我瞄了眼,是娇娇的微信,约我晚上吃饭。

　　曹满问我:"朋友?"

　　我补充了一句:"闺密。"

　　"漂亮吗?"曹满紧接着又问,"什么星座的?"

　　真是失礼……

　　刚刚因为他给我普及星座知识而加的分又被扣掉了。我与他敷衍几句,便用另外有约的理由和他在衡山路的街头say goodbye了。

　　这次我的内心很轻松,踩着薄薄的雪,简直是健步如飞。

3.

我在人声沸腾的急诊室大厅坐下,给娇娇发了信息。

发完信息,我就看见了她。她穿着浅蓝色的制服,身体曲线极为优美。浅蓝色的护士帽下藏着她亚麻色大波浪的发,口罩遮着她的容貌,只露着一双睫毛浓密的眼睛。她穿梭在来往人潮中,脚下生风,忙碌却又显得那么有条不紊。

娇娇很美,上大学的时候我们就知道。

大学时我和林涛都在学校的话剧社里待着,擅长舞文弄墨的我担任编剧,林涛则负责各种音频、特效还有舞台灯光。而肤白貌美大长腿的娇娇,是我们话剧社的社花,是爱与美的化身,是票房的灵药。我的所有剧本的女一号,都是她。

但是娇娇的性子并不像她的外貌和名字那般娇弱柔美,大概是小辣椒的椒,脾气火爆,说一不二,怕她的人比追她的人要多。

起初我以为她是艺术系的,应该是那种在色调清新阳光下一袭长发,穿着白衬衫高腰长裙弹着钢琴或者在油画布上挥毫的唯美女神,谁知道她是医学院那种可以帮着师兄搬尸体标本,可以在解剖室一面看着心肝脾肺肾一面吃着早饭的铁血真汉子。

毕业后她就留在以前实习的医院里，做急诊室的护士。娇娇说医院就是个微缩社会，尤其是急诊室，人间百态人性美丑，比电影里的情节故事戏剧性多了。她工作几年，什么样的气都受过，什么样的鸟人也见识过。娇娇那点火就着的脾气和棱角分明的性子，在这么几年里，也被磨得温婉圆润了许多。

娇娇看到我，跟身边病人招呼了声就朝我走过来："晓莉你等我一会儿，我这有点事儿。"

"又有急救？"我心里盘算着我是不是可以先走了，上次就是这么一句话，她说有急救让我等她，我坐在这个相同的位子等了将近四个小时。

"不是，碰到一个花痴。堵着不让我走。"娇娇翻了个白眼，把口罩摘了下来，朝右后方努了努嘴。我望过去，看到一个高高瘦瘦的男生靠墙站着，他戴着墨镜看不清楚样貌。

"谁啊，"我笑了笑，"又是哪个追求者？"

"上次在酒吧救了个人，"娇娇指了指，"就是那个货。"

这样的事情也是少有，大概只有娇娇能碰到。

在我和陆鸣相亲的那个晚上，娇娇叫我去酒吧不成，就自嗨去了。她化着精致又不显得浓艳的妆，在吧台高脚椅上坐着，目光流转在来往异性上，物色着可以撩骚的对象。

舞池里人声喧嚣，但那夜格外吵，尤其是几声女性凄厉的尖叫。娇娇循声望过去，只见人群逐渐聚拢，似乎发生了什么事。

这种时候，大多都不是什么好事。上次这种情形，是两个酒吧抄家伙打起来了，隔天就上了新闻版面说几死几伤。她正准备拎包走人，却听有人喊有人晕倒了。

然后她停了下来，转身扒开了层层围观不办事儿的人群，钻了进去。

音浪依旧很强，流转的彩光喝醉了似的摇晃着，中间躺着一个昏迷不醒面色潮红的年轻男人。娇娇赶紧叫围观的人打120，然后跪在他身边做着基本的急救检查。

酒精中毒了这货，还被呕吐物堵住气管了。

娇娇心里骂着，解开了他的衣领伸手扳着他的脑袋抠着他的喉咙。一阵呕吐物顺着她的手流了出来。围观的人都发出深感恶心的喟叹，她倒是面不改色地在这人身上擦了擦，等着医院的救护车。是自己医院的车，来的也是自己的同事。娇娇想了想，也登上了车。她想回医院好好洗个手给自己消个毒。

急救车上这男人幽幽转醒，醉眼蒙眬地看向医生："大夫，谢谢您救了我。"

"要谢就谢我们这位美女同事吧，是她发现你的。"王医生指了指身边的娇娇。

"美女你叫什么名字？"那男人望着娇娇。

"南丁格尔。"娇娇冷冷地说出了历史上第一个护士"提灯女神"的名字。

"南小姐，谢谢你。等我好了请你吃饭。"他语气颤颤巍巍，虚若游丝，听起来似乎等不到好的那天。

"……"

这边王医生已经笑疯了，娇娇额上挂着三道黑线，心想说真是没文化。她别过脸冷哼道："你先洗了胃再说吧。"

医院同事自此都知道娇娇从酒吧捡了个病人回来。

这个人在医院躺了两天，见到娇娇都会叫一声"南小姐好"。

其实他第二天就没什么事了，就是赖在医院不走，说这疼那不舒服，检查下来比诊察医生身体状况都要好。第三天他出院了，然而接下来，每天都能在急诊室的门口见到这个人。他逮人就问，南小姐今天上不上班。

包括今天，他逮到了娇娇，然后娇娇找我来解救。

外面飘着大雪，医院的抢救室时常大门敞开，风雪就这么往急诊大厅窜，他就这么在风口站着，纹丝不动。

娇娇说话间有吐槽和无奈，却不见她惯有的厌烦和不悦。

我心里却想着，这两个人大概还会有故事。

4.

我向姑姑回绝了曹满，我对他的评价是：一个还没长大的星座男。

姑姑坐在我小房子的沙发上，叹气着摇头。她起身打开我的冰箱，开始数落："怎么全是饮料，就没有点水果蔬菜什么的吗？小姑娘多吃点水果蔬菜，才水灵。"

我笑起来："这个时候不说我是老姑娘了？"

姑姑一时语塞，给我翻了白眼，又跑到卫生间巡视。然后她叫起来："哎哟你个邋遢鬼，卫生间怎么这么乱，这些衣服是要洗的还是不要洗的啊？怎么全堆在这里？哎哟，这个马桶，怎么这么脏，不知道的以为是公共厕所，能不能自己刷刷？"

我倚着冰箱打开一听可乐，慢慢喝着，听她数落。她从卫生间出来，又转战到卧室，数落声跟在她的后面，随即从我左边耳朵进去，从右边耳朵出来。

直到我听到她问："这个盒子是干吗的？这么大放在床底下，都积灰了。"

然后我听到了纸盒和地板摩擦发出的拖拽声。我跌跌撞撞跑到卧室，然而盒子已经被打开了。里面其实没什么东西，都是一些舍不得扔又不想再用的旧物。

我看着姑姑翻出来的那些彩色串灯,到底没敢跟姑姑说,这些都是和林涛在一起的时候的东西,是我从那间二十八平米的房子里带出来的东西。

姑姑翻检了阵,摇头叹息道:"都是些垃圾,早点扔掉好。放在这里也是生灰,还占地方,时间久了搞不好生虫子。"

此刻只觉得她是个思想家哲学家。

这些真的都是些心上的垃圾,放在心里又占地方又生灰,时间久了搞不好生虫子。

我端着没喝完的可乐站在窗前目送姑姑在楼下的公交车站等车。

明明下了整天整夜的雪,但是街上终还是没什么积雪,寒冬正午的太阳下,雪化成水,湿漉漉的,而且肮脏凌乱。姑姑等的公交车来了,她回身仰头朝我的窗子望着。这是她的习惯,每次我们分别,她仿佛都知道我在目送她。

唯独那次,她头也不回地走了。

那个时候林涛还在。

毕业之后我们找到房子,我跟姑姑说是和一个公司的姑娘合租的,让她不用担心。她偶尔来看我,也都是林涛加班不在的时候,男生的衣物鞋帽收拾妥当,草草坐会儿就走的姑姑看不出什么端倪来。

直到这年冬天,我发烧瘫在家里,吃药输液也不见好。林涛每天早早就回来照顾我,一个二十多年来对于做饭的理解只停留在如何把泡面泡软的男生,硬是洗手作羹汤三菜一汤地没有落下我一顿饭。色香味虽差点，但是心里却觉得比退烧药还要管用些。

然而几天没有联系到我的姑姑，实在放心不下，风风火火地来了。她看见我和林涛，沉默了一瞬，卷起袖子开始帮我煮粥。林涛在一边打下手，三个人谁也没说话，气氛很冷很尴尬，好像窗户没关严，一直有冷风吹进来。

我们就这样沉默地吃完了姑姑做的晚饭。林涛收拾餐桌去洗碗，姑姑看着他的背影，又看了看这满屋我没来得及掩盖掉的男生气息，最后视线落在了我忐忑不安的脸上。

我等着姑姑的责备，然而她始终沉默着什么也没说，裹上大衣就离开了。

我们的房间在这层楼最深处，长长的走廊，声控灯跟着她的脚步一节一节地亮起来。我站在门口咳嗽，想着姑姑一定会回头朝我挥手，让我赶紧进屋。然而她并没有回头，也没有挥手，就这么拐进了长廊尽头的电梯里。

林涛喊我进屋。

我却在门口哭得伤心。

林涛安慰着我，他说改天我们好好跟姑姑登门拜访。

然而我并不是因为被姑姑撞破和男友同居生出的窘迫和忐忑而哭，而是在姑姑离开的时候，忽然发现自己和她，不置可否地越走越远了。隔了几天，等我病好了，林涛如约与我一同去姑姑家拜访。他向来是个会说话的人，为人也谦逊有礼。姑姑直夸小林长得帅，性格也好。

她挽袖做饭，我和林涛在一边打下手。三个人有说有笑地吃了第二顿饭，和上次的气氛截然相反。从姑姑家走的时候，我回身跟她挥手告别，她也笑着，却没有挥手。

或许是我敏感，又或许是我多心。姑姑从那个时候开始，不再跟我挥手了。仿佛挥手之后，就真的要告别了一样。就像前两年在机场送林涛走的时候，我们狠狠地挥手，然后果真我没有再见过他。

我喝掉杯子里最后一口已经跑气的可乐。在朋友圈里更新了一条信息：再厚的雪，阳光之后，也消弭无声。

我听姑姑的话，从卫生间开始到客厅卧室，好好地打扫了一遍。床下被姑姑翻出来的盒子，我没敢再细看，重新把它推了进去。

过段时间再扔吧。我又一次跟自己这么说。

半小时前那条无病呻吟的状态，我回想起来，忽然心生羞赧。连忙打开手机要去删掉，却看见陆鸣在这句话下面点了个赞。

我歪头想想，无声地勾起唇角，手指在"删除"徘徊了一阵，放下了手机。

二月，你睡在隔壁

01 JANUARY
S M T W T F S
　　　 1 2 3
 4 5 6 7 8 9 10
11 12 13 14 15 16 17
18 19 20 21 22 23 24
25 26 27 28 29 30 31

02 FEBRUARY
S M T W T F S
　　　　　 1 2 3
 4 5 6 7 8 9 10
11 12 13 14 15 16 17
18 19 20 21 22 23 24
25 26 27 28

03 MARCH
S M T W T F S
　　　　　 1 2 3
 4 5 6 7 8 9 10
11 12 13 14 15 16 17
18 19 20 21 22 23 24
25 26 27 28 29 30 31

04 APRIL
S M T W T F S
 1 2 3 4 5 6 7
 8 9 10 11 12 13 14
15 16 17 18 19 20 21
22 23 24 25 26 27 28
29 30

05 MAY
S M T W T F S
　　 1 2 3 4 5
 6 7 8 9 10 11 12
13 14 15 16 17 18 19
20 21 22 23 24 25 26
27 28 29 30 31

06 JUNE
S M T W T F S
　　　　　　　 1 2
 3 4 5 6 7 8 9
10 11 12 13 14 15 16
17 18 19 20 21 22 23
24 25 26 27 28 29 30

07 JULY
S M T W T F S
 1 2 3 4 5 6 7
 8 9 10 11 12 13 14
15 16 17 18 19 20 21
22 23 24 25 26 27 28
29 30 31

08 AUGUST
S M T W T F S
　　　 1 2 3 4
 5 6 7 8 9 10 11
12 13 14 15 16 17 18
19 20 21 22 23 24 25
26 27 28 29 30 31

09 SEPTEMBER
S M T W T F S
　　　　　　　　 1
 2 3 4 5 6 7 8
 9 10 11 12 13 14 15
16 17 18 19 20 21 22
23 24 25 26 27 28 29
30

10 OCTOBER
S M T W T F S
　 1 2 3 4 5 6
 7 8 9 10 11 12 13
14 15 16 17 18 19 20
21 22 23 24 25 26 27
28 29 30 31

11 NOVEMBER
S M T W T F S
　　　　 1 2 3
 4 5 6 7 8 9 10
11 12 13 14 15 16 17
18 19 20 21 22 23 24
25 26 27 28 29 30

12 DECEMBER
S M T W T F S
　　　　　　　　 1
 2 3 4 5 6 7 8
 9 10 11 12 13 14 15
16 17 18 19 20 21 22
23 24 25 26 27 28 29
30 31

4.

二月的第一天，姑姑又给我安排了一场相亲。来前姑姑跟我交代了一下，说这个人今年三十一，在税务局上班，家里马上拆迁。在姑姑给我的择偶标准里，工作稳定和生活优渥大概是排在最前面的。

而在林涛这里狠狠摔过跟头的我，其实在内心也已经默认了这点。如果搁以前，我会非常鄙夷自己为何如此世故，但那几年的精打细算仍旧清贫如洗、看不到明天又无疾而终的日子，曾一度像阴影笼罩住我。就像是一个笑话，告诉我姑娘你还是现实点好。

但是当我坐在李岳然对面的时候，我却觉得我还是做个有准则、注重内涵的姑娘比较好。

他一定谎报了年纪，从长相来看，说他三十五都算是小的。粉色的Polo衫，小拇指粗的大金链子若隐若现，见面不到五分钟，他就接起了一个电话，在很有格调的西餐厅里，他高谈阔论地说着今天有事明天再去店里提那辆保时捷。

"嗨，什么豪车，代步而已嘛。"他对着电话如是说。

我默默切着他非要点的三分熟的牛排，看着一刀子血，实在难以下咽。

李岳然看着我的眼睛,说道:"徐小姐,你多吃点,不要客气。牛排这个东西呢,吃多了就习惯了。"

我尴尬地扯着嘴角,看起来应该是笑吧。

他很绅士地切了几小块肉,放到了我的餐盘里,然后我看见了他的小指指甲,长到弯曲。"徐小姐,现在在做什么工作?"他笑着问我。

"现在在做公司产品的文案策划。"我笑笑,拣着沙拉里的圣女果吃。

"哦,忙吗?"他又问。

"看时候,有时候很闲,但也有加班加点的时候。"我偏头想了想,又加了句,"但是我挺喜欢的。"

"女孩子嘛,还是找个清闲的工作好。有些女孩子啊,就是事业心太重,根本不愿意回归家庭。"李岳然一面吃着牛排,一面如是说。

我讪笑点头,实在不想搭腔。

这家西餐厅味道还是不错,尤其是几道甜品,卖相一流,口味也醇厚。我垂头默默吃着。

他开口问:"徐小姐平时有什么爱好吗?"

"以前喜欢旅行,现在喜欢看看电影看看书什么的,有时候做些手工。"我把包袱丢了回去,"李先生呢?"

"旅行?我也挺喜欢旅行的。心情烦闷的时候四处走走挺好的。"李岳然笑起来,"徐小姐去过哪些地方?或许我也去过。"

感觉这才是聊天,我的心情忽然放松了下来。

我去过很多地方，大多数是和林涛一起去的。

　　上学的时候虽然我们没钱，但有的是时间。学生证全国门票半价，即使这样，我们还是不得不尽可能地逃票。我们从不坐飞机，宁可在绿铁皮硬座上坐一天一夜。或者买一张站票和一张硬卧，然后夜里挤在一张又窄又硬的小床上，看停靠在老旧火车站时那暖黄色的站灯从车厢白色绣花的窗帘透进来。如水的光斑落在我们互相拥抱着的躯体上，这火车哐哐当当开个三天三夜我也愿意。

　　地段很好环境很美的酒店我们也没钱住，一般都是找间小小的青旅，窝在一张跟硬卧差不多的床上。但我仍然很开心很兴奋，不断地做着攻略，拉着昏昏欲睡的林涛计划着明天早上去哪里吃早饭，去哪里吃午饭，去哪里吃晚饭。他看了眼我做的攻略，哭笑不得地敲着我的脑袋，笑说这哪里是什么旅游攻略，简直就是吃货攻略，除了吃的还是吃的。

　　我咯咯地笑，如数家珍地说着当地的美食，然后他用吻封住了我之后的话。

　　就这样抠抠索索地我们去了很多地方。走过江南水乡，望过天涯海角，登过五岳云顶，穿过敦煌沙漠，踏过北疆雪原。林涛说，等到以后我们争取去国外旅行，日本韩国东南亚，欧洲美洲好望角。

　　我哭丧着脸说我才不要去什么好望角，我想去爱琴海拍婚纱照，想去圣托里尼度蜜月。他笑着揉了揉我的脑袋。

　　现在想起来，林涛似乎一开始就没有答应过我。

我神游回来，李岳然正说着他一个相识的老板在云南大理开了家度假村，有空闲我可以跟他一起去度假。

"独栋别墅，带私人游泳池，环境绝对没话说。"他这么说。

我看了眼时间，已快夜里九点。他招呼服务员买单，然后从包里拿出一个盒子放到我面前："小小礼物，不成敬意。"

我看了眼，很明显是某个我平时看也不敢看的牌子的首饰包装盒。我连忙推脱说不用客气。他不由分说一手打开盒子，一手抓住我的手腕。等我看清楚它长什么样子的时候，它已经在我的手腕上了。一颗颗水晶还是什么的在餐厅灯光下亮闪闪的，和他脖颈间的大金链子一样。

李岳然满意地笑着："徐小姐皮肤白，衬得好看。"

然而我却很尴尬。一来无功不受禄，初识就收到这样贵重的礼物，我只怕我很难脱身。二来，我是真的不喜欢这么高调华丽的东西。

正逢服务员来买单，李岳然掏出一张卡给服务员，说了句没有密码，便挥了挥手。

李岳然的车停在门口，他笑着问我："徐小姐我送你回去吧？"

我看了眼腕间的手链，点了点头。

他一面介绍着车里刚换的真皮座椅，一面打开了广播。我坐在副驾驶往外看，正巧出了隧道在江畔行驶着，夜色里的上海灯火迷醉，热情又显得生疏。

他车开得很快，又频繁地变道，不少的加速和急刹。有个十字路口过得凶险，差点要与拐弯的车擦撞，大概是碍于我在车里,余光瞥见他嘴唇翕闭,唇语十分粗暴,却到底没有发出什么声音。

在到我小区门口之前,李岳然又跟我说了他的舅舅是某银行的行长,有个好兄弟在温州开了几间厂这类。我默默听着,不言不语。到了小区门口,他提议送我上楼,我笑着摇头,把放好在首饰盒里的手链端正地摆在了副驾驶的位子上。

"李先生,很高兴认识你。这个礼物太贵重,我现在不能收。以后有机会再见。"我说完,关了车门。

转身要走,听见他在车里低低骂了句:"装什么装,婊子。"

一阵夜风吹过来,吹散我心头零散的厌恶。我晃了晃脑袋,心里想着,你就当我是盛开在天山上的白莲花好了。

2.

今年的大年三十和我的生日正好是一天。

我中午出门往姑姑家赶,路上碰到蛋糕店,我脚步顿了顿,终是推门进去。厚厚的芝士上是一层浓稠的牛乳,蛋糕面上几朵粉色娇艳的花,简单素雅。店员笑着问我,生日蜡烛的数字是什么?

我顿了顿,发现这个问题真是直戳要害。

店员是个笑容很甜的女生,她似乎看到我的纠结,又笑着问:"要不,拿个18?"

我很想点头,但很快暗骂自己不要脸,不得不面对现实:"麻烦拿个28。"

这就二十八岁了。

十八岁那么地遥远,那个吹熄十八岁蜡烛的寒夜,已经是十年前的事情了。我还记得那个时候我许了两个愿望,一个是考到一个好大学,还有一个是找到真爱。

大一第二个学期刚开学,朋友们环绕着我,林涛在身侧搂着我,我在欢声雀跃中吹熄了十九岁的生日蜡烛。我许了两个愿望,一个是今年千万不要挂科,一个是要和林涛走到天荒地老。

我一向认为我的许愿是非常灵验的。

我拎着二十八岁的生日蛋糕走在风里，忽然很想回到十八岁，告诉那个时候的自己，大学新生会的时候，千万不要看坐在对面那个穿白色衬衫长得俊朗的男生，他如果问你的班级和电话，千万不要告诉他。

但是那又如何，或许我会在某天注意到图书馆里总是坐在我斜对面的那个高个子学霸，或者我会在某天注意到话剧社里那个缄默无声的道具师，又或者我会在校报上看到一篇好文章试图去认识这个作者。既是有缘的人，到底是躲不过相遇的那天。就像缘浅的人，无论挨到哪天，到底逃不开最后的分别。

姑姑熬了排骨汤还做了拿手的糖醋小排，我做了土豆炖牛腩顺便拌了个三文鱼蔬菜沙拉，姑姑盛起葱油拌面的时候，我又切了个水果拼盘。两个人的餐桌也是摆放得满满当当，色彩斑斓。

春节晚会开始的时候，我们正好洗好碗筷，在沙发上坐下来。

电视里热热闹闹的，歌舞小品，用尽办法逗着观众开心。姑姑看着呵呵地笑，冯巩一出来，她就喊起来："我想死你们啦。"

我挨着她刷着微博，等着群里面抢红包，抢到手气最佳就亮给她看。

大概是外环内禁放烟花，今年的跨年显得格外安静。电视里倒计时的时候，姑姑将蜡烛点亮。新年快乐的时候，我闭目许了愿，吹熄了二十八岁的蜡烛。

愿今年一切顺遂，愿我能放下过往，走向未来。

夜里十二点半，姑姑帮我收拾了便当盒，又给了我两个红包,笑着说:"你们两个孩子一人一个。"

我吸了吸鼻子,点头应好,然后围好围巾出了门。

每年这个时候的上海,都是最空旷最寂寥的。我哆哆嗦嗦在风里站了半个小时,才等到出租车。

到医院的时候已是夜里一点。

往日人声鼎沸、车水马龙的急诊厅,竟也四下安静,娇娇伏在工作台后写着什么,抬头见我,高兴地打招呼。

她今天值夜班,偌大的急诊室,只有她和一个医生守着。大年三十的夜班,有点凄凉。我曾以为这个加班费很不菲,但娇娇翻了个白眼跟我说,八十块,我送你,你来帮我值班,不够两个人吃个KFC全家桶。

娇娇跟一起值班的医生打了声招呼,拉着我去了休息室。我打开便当盒,摆了一桌子小菜,又把切好的蛋糕递给了她。娇娇坐下来闷头就开始吃,一面吃一面说着今天碰到的奇葩事。

诸如抱着孩子来看病的年轻爸爸晕针,看到针头自己昏过去了。又比如两个大妈在路边吵架吵了三个小时,纷纷高血压心脏病犯了一起被送到医院。

她说这种事情层出不穷,要是有心每天记一下,一年就能出本书。

我却注意到娇娇手指上缠着创可贴:"怎么弄伤了?"

娇娇抬头瞅了眼,不以为意地说:"掰药瓶的时候被碎玻璃扎进去了。"

我听着就疼,刚想说话,就听见有人敲门。娇娇起身开门,门外站着个高高瘦瘦的男人,他面色潮红,还在轻微地喘气。见了娇娇眼睛眯成月牙,笑着说:"娇娇,新年快乐。"

我看他眼熟,却又实在想不起在哪见过。

娇娇没好气地问:"你怎么来了?"却到底退了几步让他进来坐下了。

"啊,还有朋友在吗?"那男人看到我,咧嘴笑起来,"你好,我是邱胜屿。"

"他就是那个我前段时间跟你说的,在酒吧把自己喝挂了的傻子。"娇娇也不避讳,简明扼要算作介绍,"这个是我闺密,最铁的那种。"

"你好,我叫徐晓莉。"我心下了然,又觉得有趣。娇娇这个口是心非的骗子,明明眼睛里都是星光,偏偏装作满嘴满脸的不高兴。

邱胜屿也带了不少吃的,于是我们三个人围坐在一起把吃的喝的都摆开,算是陪娇娇过年。邱胜屿很有幽默感,说话时带包袱,逗得娇娇前仰后合地笑。我看着他们,心中忽然觉得很安定。

过了一会儿邱胜屿开口说道:"唉,今天你们怎么这么清闲,什么事儿都没有。"

娇娇连忙扔下筷子捂他的嘴:"呸呸呸,医院里最忌讳说这种话,一说就来事。"

她话音刚落,手机就响了。娇娇接了电话应了两声,脸上阴云密布。

她看向邱胜屿没好气地说:"都是你,让你多说话。急诊室来了几个跟你一样喝酒喝挂了的,好像还挂彩了。我去看看。"

娇娇跟我交代了几句，把邱胜屿赶出了休息室匆匆走了。邱胜屿在娇娇的推搡间向我告别，见缝插针递给了我一张名片。

我躺在休息室里的床上，伴着外面吵吵闹闹的声音迷迷糊糊要睡着，却听手机响了声。打开看，是娇娇发来的微信：我的柜门没锁，你打开看看。

我依言打开她的储物箱，里面静静躺着一个包装精美的盒子。我坐回床上小心拆开包装，是一条浅粉色的羊绒围巾，手感柔软温暖，正是用的时候。

还有娇娇手写的卡片：亲爱的晓莉，生日快乐。永远爱你的娇娇。

这夜睡得安稳，醒来的时候已经是早上八点。

我才知道了我错过了一场闹剧。

那夜三点，几个喝醉酒身上挂彩的人在急诊室醒来，开始借酒闹事，骂骂咧咧着又砸又摔，昂贵的心电监护仪和呼吸机被撞倒在地。

医生上前拦，直接被甩了个巴掌。

娇娇摘下护士帽，脱去了制服。然后她跑过去，在保安赶过来之前一声怒喝直接把其中一个人掀翻了。

虽然这件事后来反映到医院行政部去，娇娇被通院批评，甚至扣了当月所有工资奖金，绩效归零，评职称无望。但是娇娇到底一战成名，医院里都知道急诊室有这么个穿着制服美艳娇俏、脱了制服徒手制暴的姑娘。

3.

我并不清楚，相亲这件事情会不会上瘾，会不会在历次失败中愈挫愈勇，终变战神。但我很清楚，媒人这件事情，是会上瘾的，而且会生出一种使命感与责任感。这种强烈的急于脱手的情绪，就像农夫期盼着有人来收庄稼，就算贱卖，也不能眼巴巴看着菜烂地里。

姑姑在这样的情绪里，似乎已经很久了。

当有天我看着她拿着本电脑教程书一步步地打开新买台式电脑的网络页面，一面透过老花镜问我，晓莉，给我几张你的照片，你就放到这台电脑里，我就意识到姑姑的决心和干劲了。

二月的最后一天，四年一回的二十九号，礼拜一。我下午向公司请了假，主管问我事假原因，我支支吾吾说长辈安排了相亲，她目光里带着些了然和怜惜，叹气挥手说："去吧。"

匆匆赶到人民公园，就看见门口拉着长长的横幅。

"四年一遇的今天，让爱不要等你太久。"

我忽然感到有种莫名的压力，在心头涌动着是这样走进去还是掉头回家的纠结时，脚已经踏进去了。即使在之后，见到的横幅越多，上面的标语越尴尬，我仍是做着机械性的迈步。

我知道我回不了头的。

　　我不是第一次来人民公园，去年的时候已经跟着姑姑来这个闻名的"相亲角"转过一圈。那不是相亲角，而是菜市场，或者说更像个招聘会。满地满墙的告示，写着征婚条件择偶标准，大妈大爷摆着摊位张罗着络绎不绝前来询问情况的人。目测了一下，一个个条件都只高不低，对象要求也是更加高上了天。我哑吧着嘴心想"难怪呢"。然后很快被眼尖的长辈们团团围住，开始问多大啊，什么要求标准啊。我第一次见这个阵势，又是窘迫又是尴尬，低着头被塞了不少的"简历"，大约是男方的照片、年薪、车房、职业还有对相亲对象的要求。

　　我推脱着从人潮缝隙中出来，正看见一个艳阳天撑着把彩虹大伞的男人，三十岁模样，伞沿一圈贴满了大字，写着"聪明、老实、努力"而后留着电话和QQ号，他径直朝我走过来笑得很专业："美女，关注一下我呗，加个QQ。"

　　我余光看见他身后不远处几组机器在跟拍，匆匆避开了。

　　隔了几个月，闲来无事看电视里的纪录片，讲到了相亲角的故事，那个撑伞的男人也在镜头里，我惴惴不安地看着生怕自己不小心入了镜，所幸没有。然而看完这部纪录片，我才发现这个撑伞的男人靠这个方法，每天加他QQ的人超过五百，他按照女方条件打分排名，排名靠前的，他开始约会见面。转眼间事态从被挑还挑不上变成了百花丛中挑花了眼，他在镜头前给记者很得意地展示着他的数据库，细思恐极。

　　这次我绕开了热火朝天的相亲角。

　　公园的绿地草坪摆放着数排白色桌子，周围布置得花团锦簇，气球和彩带环绕着整个场所，可是在我看起来，只是欲盖弥彰之后会发生各种尴尬的场面。而且……露天真的很冷啊。

姑姑只告诉我，有场相亲，但没有告诉我，是场打着"九十九秒，天长地久"主题的相亲会。这是姑姑在坑我，绝对的。

我登记了姓名之后，会场工作人员给了我一个标签，让我贴在身前。粉色桃心上，写着一个大大的38。怎么的还骂人呢？如果这会儿给我娇娇的脾气，我一定把它痛摔在地，踩上几脚，然后扭头就走。但是我老老实实地别在了胸前。

长桌前女生按照号码一个个坐好，桌上有计时器和赞助的饮用水。工作人员拿着喇叭喊："姑娘们都坐好不用动了，一会儿啊男生们按顺序轮流移动。"

这样的相亲模式，我只在民生新闻里看到过。我清楚地记得那个细节，当电视里放着相亲大会的时候，我枕着林涛的腿吃着薯片，看笑话一样地嘲笑着这些可怜的剩男剩女。那个时候，我怎么会知道，有朝一日我会坐在这里，成为曾经我嘲笑的人。

我余光看了眼身边的女性，忽然觉得有种莫名契合的气场。后来等男性落座之后，我才读懂这种氛围是什么。

尴尬。

坐在我对面的第一个男人，号码牌也是38。他看起来很单薄，脸颊甚至都轻微地凹陷进去。厚厚的镜片泛着光，我看不清他的眼神。但我知道他也在打量着我。

十秒之后，他开口："你好。"

"你好。"我僵笑着回了句。

然后又过了十秒，他说："我叫许佳。"

我也报了名字，之后就是永久的沉寂，隔壁桌一对男女正在聊着，似乎说到什么，两人发出谈笑声。许佳幽幽地望了一眼，又幽幽地看向我，讪笑着："我这个人嘴笨，不太会说话。"

说完，桌上的计时器响了。

第二个是已经地中海啤酒肚的男人，他的视线非常直接粗暴地在我身上来回扫描，双手桌上一放，开始问这问那。我看着计时器，想着九十九秒应该很快就过去了。谁知道时间过得那样地慢，我一面回应着劈头盖脸的问题，一面看着计时器的数字以慢动作的形式变换。我有点闲心望了眼刚才换过去的38号，那桌也是格外突兀的地沉寂，这竟让我稍稍放了点心。

贴着50号的男人手里拿着一个小本子，他看了眼我的号码牌，写下了38。然后他抬头问我："小姐贵姓？"

"免贵姓徐。"我跟着回答。

只见他在本子上写下一个徐，然后他开始问家里住在哪，在哪里上班，有没有兄弟姐妹等等各式各样的调查问题。我也是老实，木木讷讷如实回答着。我瞄了眼他的小本子，已经写到了中段，他的笔力很深，隐约透着前页的字迹，密密麻麻整整齐齐，约莫在我之前的相亲对象，他都事无巨细地写下来了。

这个人，要么是个记者，要么是个警察。

"先生是从事什么工作的？"我问。

"哦，我啊。"他合上本子，笑着看我，"我是做民间放贷的。"

5号男生是个年纪很轻的小男孩。

"姐姐你好。"他看着我，嘴边笑容都是青春少年的味道。

"你还在上学吗？"我试探地问。

"大二。"他笑着，"不过我早上一年学。刚过十八岁生日。"

我心中五味杂陈，哦……看看这年轻的脸庞，那是我逝去的青春。

"讲实话，我没想过都是姐姐阿姨。"他如是说，"刚才那个19号，我的天，比我妈妈年纪都大。"

我心塞了近五秒，计时器响了。他很酷地跟我挥手，坐到了下一桌。

22号大概是让我印象最深刻、聊天氛围最愉悦的一个。他穿着黑色西服，打着浅蓝色的领带，手里捧着束娇艳的红色玫瑰花，每坐下来，就先送上一朵。然后开始自我介绍，言语流畅温和，眼神交流真挚而走心。

他认真地夸赞着我的服饰如何得体，说我的皮肤如何地好，眼睛如何有神。我有心想起之前他还在隔壁桌的时候，我旁边的女孩咯咯地笑着，笑得极为开心。

简直就是这场相亲大会的一股清流。

九十九秒过得很快，倒计时器还有五秒钟。他从怀里掏出了名片给我，露出八颗牙齿笑着："徐小姐，这是我的名片。我们常联系，当然，如果你有业务找我也可以。咱们的交情，一定给你更多福利。"

我低下头看着他的名片。

张子悦，某某保险推广员。

好吧，有时间我可以咨询咨询有什么业务。

当38号许佳重新坐在我面前的时候，我知道这一场恶战，终告尾声。许佳依旧沉默，没有了计时器的跳动，这种沉默愈发显得诡谲。为了打破这种气氛，我笑着问他："许先生，还顺利吗？"

他沉闷了几秒钟，讪讪回答："还好吧，还是跟你说的话比较多。"

这……或许有的女生会以为他根本是个哑巴。

会场的工作人员开始发表格，大意是想让我们把在刚才的见面中，有意向继续了解的号码都写下来。我偷偷瞄了眼身边的姑娘，她已经写好一排了。对面的38号遮遮掩掩的，到底也写下了几个号码。我提起笔，细细回想之前走马观花认识的五十个人，每个人的模样还在脑海里，但竟似水过无痕只此而已，最终一片空白。我觉得这本身就是一件很荒唐的事。

我一个号码也没有写，然后离开了会场。

等地铁的时候，我从挡风玻璃看到自己的影子，胸前大大的粉色桃心，上面写着38。我终于把它狠狠地撕下来，狠狠地揉成团扔进了垃圾箱。

4.

他说他叫林善池,说完非让我百度他。

我上网看了下,还真有这个人。百科里写着他是个作家,已经出版了三本长篇小说和一本散文集。页面里有一张他在异乡街头摆拍的照片,侧颜忧悒,指尖烟火猩红,淡淡的烟雾缭绕在他身上,有那么几分艺术家冷峻的模样。

我抬头看向他,比照片里要成熟沧桑一些,面色憔悴得很。他戴着空框的黑色眼镜,说昨夜通宵写稿,黑眼圈略重,稍微遮一下。

虽然我没有通宵写稿的经验,但学生时代通宵打游戏看小说的时候还是不少,我理解那种身体被掏空的感觉。

林善池跟我说起眼下正在写的小说,是个都市软科幻故事,主人公是个会读心术的女人,她爱上了一个心里有很多秘密的男人。

我吃着生鱼片喝着清酒,默默地听他讲着故事。说来有些奇妙,起初还有些抗拒怎么讲起故事来了,但是他的故事就像下酒菜一样,渐入佳境。

"我觉得不完美的爱情才是最值得回味的,所以我不打算写个很温暖的结局。"林善池说着,侧头想了想,"这里可以问问你的想法,如果最后她读出了他所有的秘密,但是他到底还是离开了。你觉得如何?"

我饮尽杯中残酒,很认真地想了片刻,抬头对上林善池的眼睛说道:"那如果……他心里唯一一个没有被她读出来的秘密,是他爱她呢?这样会不会更虐心?"

林善池眸光一亮,惊喜地看着我,他伸手握住我的手,微微张嘴,似有话在嘴边。

"林善池。"一腔清清冷冷的女声,在头顶响起。

我们一同抬头望去,只见是个身穿粉色呢子大衣的齐刘海短发女生。她气喘吁吁地站在我们桌旁,恶狠狠地盯着他:"你不是说你在图书馆查资料吗?"

她又看向我,双手抱臂,目光不善地问:"你是谁?"

"小妍,你怎么来了?"林善池有点尴尬地看着我,又扭头跟她说,"你先回去,我晚点找你说。"

我算是看出了点名堂。

"你好,小妍。"我看向这个气鼓鼓的女生,"林先生不断地提到你。果然跟他说的一样,漂亮可爱。"

她听了,拧着的眉头算是舒展些,但到底不屑搭我的腔,盯着林善池说:"什么叫晚点再说,你现在就跟我说清楚。为什么骗我,在这里跟其他女人见面?要不是珊珊说看到你了我还不知道呢。"

她声音不小,附近几桌纷纷侧目望过来。端着海胆和三文鱼刺身的服务员站在小妍身后,犹豫着我们这桌点的菜该不该这个时候端上来。

林善池看了看我又看着小妍,一时有些哑言。他脸上有很明显的尴尬和隐约的恼火,我识趣圆场:"林先生,你若有事,先走无妨。"

他冲我点点头,神情里竟有几分郑重。小妍见他起身欲走,这才眉眼温柔下来,佯装着气哼哼地先走了几步。林善池看着我,还想说些什么,瞥了眼已经快走出店门的小妍,匆匆说了句:"谢谢,改天与你好好解释。"

等他们走后,服务员终于把海胆端了上来。然而我看着对面的空椅和满满当当一桌子菜,又看了看周围开始继续吃饭的看客,终于体会到了属于自己的尴尬。

这叫什么事儿。

被小三?

我低头吃着盘里的刺身,在想喝完这点酒就买单走人的时候,对面的椅子被挪动了一下,坐下来一个男人。

待他坐定,垂下的灯光落在他的面上,我才看清是谁。

陆鸣。

"麻烦这些碗碟撤了,给我一套新的。"他自然地招呼着服务员。

"你……你怎么在这儿?"我愣了愣,心中窘迫,估计之前发生的事情,他都一览无遗。

陆鸣帮着服务员撤下之前林善池用的碗碟,也不抬头,语气平淡:"正好和同事聚餐,你们这边动静挺大的,看了眼。"

这话说得我愈发尴尬,恨不得直接买单走人,挥手来不及说再见。

"见笑了。"我只能这么说。

"碰到这样的人，也是闹心。"他终于抬眼看我，笑起来，"不过他碰到你这样通情达理的人，是他的福气。"

"你不用去继续聚餐吗？"我默默问了句。

"他们在包间，也吃得差不多了。"陆鸣笑着，看了眼表，"时间还早，可以陪你吃完。"

我心口微痒，像是有人拨挠了一下。我没有应声，他也不再说话，两个人就这么默默继续吃着后半场。想着周围的看客若是看个完整，大概会觉得这件事情太过复杂颇为奇葩。

我叫了服务员买单，服务员拿着账单走过来，看了眼陆鸣，很小心地说："之前走的那位先生已经付过了。"

哦，这样啊。这点林善池做得还是有些品行的。

我与陆鸣从饭店出来，在屋檐下站着，我忽然想起了他的伞。

"你的伞我怎么还你？"我如是问。

他想了想："没关系，你留着用就好了。"

路上华灯初上，光影迷离，他的身影很快隐没在人潮中看不清楚了。我站在屋檐下愣了会儿神，这才举步离开。

林善池的荒唐事在脑海里过了一遍，我顿感有些疲累涌上心头。

我真的不想再相亲了。

5.

姑姑没有结过婚,也没有孩子。

有一度我曾深深怀疑过,我就是姑姑的孩子。只是她年纪很轻就生下了孩子,为了保住名誉,只能说是哥哥家的。我从来没有见过我的父母。姑姑说他们都是医生,在我不到两岁的时候,他们跟队援藏义诊,途中遇到了车祸,大巴掉下山崖,无一幸存。

姑姑给我看过他们的照片,一对小夫妻抱着婴儿坐在人民公园的草坪上。婴儿憋红了脸在哭泣,五官扭在了一起,丑得像只猴子。年轻的母亲侧身垂首伸手逗着她,鬓角的发像初春的柳枝垂尾着,戴着眼镜穿着白色衬衫的父亲一手搂着母亲的肩,一手拎着婴儿蹬掉的小鞋子,笑着看着她们。

没有人看着镜头,他们看着各自的世界。

时间停止在这里,并且永远停在了这里。

这张照片深深地刺痛了我,我只看过一次,就让姑姑重新收起来。我几乎不会去过问父母的故事,有时候姑姑偶尔提起来,我也不会应声或是追问。对我来说,任何的细节都太过残忍。

这段时间,在给我安排相亲这件事情上姑姑总算消停一点了。她报了团出去旅行，我一个人待在上海，没有相亲，心里很轻松。

直到这个雨夜，我在沉睡中接到了医院打来的电话，问我是不是徐玲的家属。

姑姑的旅行大巴在高速公路上遭遇了车祸发生了侧翻，她没有系安全带，受到了猛烈撞击至今昏迷不醒。我不知道自己是怎么出门怎么赶过去的，所有的感官忽近忽远，像是失去了，又像是忽然间格外地敏锐。我抱膝坐在手术室门前的长椅上，看着走道里"安全出口"幽幽的绿光，整个人仍在混沌中不知所想。

手机响了一声，提示电量低于百分之二十。我打开通讯录，最近联系人是娇娇。我犹豫了会儿，给她打了电话。电话响了很久，没有人接。我开始翻看通讯录，很可悲地发现，竟然不知道该跟谁说。

然后我看到了林涛的名字，L先生。我以前喜欢这么喊他。

白得扎眼的屏幕，这三个字也格外地扎心。我盯了很久，心中有那么一丝愚蠢的闪念，想打给他，跟他说我姑姑外出旅行的时候大巴出了车祸，重伤现在正在抢救中。我真怕，怕她像我那在照片里的父母一样。

"徐小姐。"我听见一声唤，在拨通键徘徊的手指，也就这么收了回来。

我抬头看过去，有个人逆光站着，他的身后是来来往往忙碌的人潮，他的面容上，却是沉寂的安静。

我怔愣地望着他，一时没认出来这个人。

他走近几步，在我身边的另一张长椅上坐下来，盯着我的眼睛问道:"徐小姐,你还好吗?"

是陆鸣。

"你……"我依旧头脑发蒙,对视了许久,才吐出一个字。

"我母亲在楼上病房,撞伤了手臂,要住几天院。她说徐阿姨伤势比较重,还在做手术,让我下来照应一下。"陆鸣解释着,他的脸上亦有来不及掩去的倦意和忧虑。

我想起来,姑姑是和陆鸣的母亲一起去旅行的。出事的时候,她们应该在一起。

"徐小姐,你还好吗?"陆鸣又问了一遍。

我的目光落在脚上那双被雨水浸湿发黑的兔子拖鞋和湿透的小黄人睡裤,终于意识到自己现在是有多狼狈。

可能不太好。

"谁是徐玲家属?"手术室大门打开,身穿绿色制服的护士摘下了口罩四处问。我慌慌张张站起来,脚下虚软,一个趔趄就往一边栽。陆鸣扶住我的胳膊,陪我走到护士面前。

"徐玲手术做完了,很顺利。不过人还是要推到重症监护室观察一晚。家属留个电话号码给我们,明天通知你后面怎么说。"护士说着,给了我张表格。

"我可以看看她吗?"我快速写好,伸头往护士身后半敞的门里看,里面依旧是长长似乎没有尽头的走道。

"人已经转到ICU了,家属不允许进入的。你放心吧,我们会照顾好她的。"护士的目光在我身上流转一个来回,"家属晚上不用在这里待着的,待在这儿也没有用,回去等我们电话通知吧。"

说完,她拿好单子,关上了门。

走道里的那一线光亮没有了,我站着发愣,但到底恢复了些自我意识。

很冷,而且很累。我的余光瞥见了身边的陆鸣,并且……很窘迫。

陆鸣没有说话,安静地站在一旁,他的手依旧扶在我的胳膊上。我侧身退了一步,他顺势收回了手。

"谢谢,向阿姨问声好,我明天这边照顾好了就去探望她。"

"这个不着急。"陆鸣看着我,"我先送你回去吧。"

我垂下眼,看着长发散乱浑身湿漉漉的自己,道了声:"好。"

我坐在陆鸣的车后座,雨还是没停歇,我看着窗上雨水成股地流下来,心里像是沉寂的潭。陆鸣手扶着方向盘,并没有启动车子,他沉默了一会儿,在我盘算着要不要询问一下怎么了之前,才开口问了我地址。

然后他沉默地启动车子,沉默地行驶在凌晨三点的雨夜。

我感觉到他的心情同样很低沉,毕竟我们都遭遇了突如其来的事件。

路上车不多,陆鸣依然开得很慢。路灯一轮轮的光线碾压在我身上,我闭上眼睛想着姑姑走到走廊尽头的画面,她没有与我挥手,灯光一节节地熄灭,最终一片昏暗。

到了楼下,外面还在下雨。

我想起了陆鸣的伞还在我这儿,于是问道:"你要不等我一下,我把你的伞给你送下来。"

陆鸣沉默了下,扭过头看我:"我送你进门吧。"

我住的地方是密码门,坐电梯上来我就有意走快了几步,身子微侧挡住了门锁快速地打开了门。扭头看他，他背着身望着别处。我觉得自己实在多心，玄关里拿了伞递给他。

陆鸣沉默接过伞，在幽暗暧昧的廊灯下静静地望着我。

"陆先生，怎么了？"我只觉他似乎有话说。

"我住在这栋919。"他这么说。

而我住在910。

三月，下起了大雨

01 JANUARY
S	M	T	W	T	F	S
			1	2	3	4
5	6	7	8	9	10	11
12	13	14	15	16	17	18
19	20	21	22	23	24	25
26	27	28	29	30	31	

02 FEBRUARY
S	M	T	W	T	F	S
						1
2	3	4	5	6	7	8
9	10	11	12	13	14	15
16	17	18	19	20	21	22
23	24	25	26	27	28	

03 MARCH
S	M	T	W	T	F	S
						1
2	3	4	5	6	7	8
9	10	11	12	13	14	15
16	17	18	19	20	21	22
23	24	25	26	27	28	29
30	31					

04 APRIL
S	M	T	W	T	F	S
		1	2	3	4	5
6	7	8	9	10	11	12
13	14	15	16	17	18	19
20	21	22	23	24	25	26
27	28	29	30			

05 MAY
S	M	T	W	T	F	S
				1	2	3
4	5	6	7	8	9	10
11	12	13	14	15	16	17
18	19	20	21	22	23	24
25	26	27	28	29	30	31

06 JUNE
S	M	T	W	T	F	S
1	2	3	4	5	6	7
8	9	10	11	12	13	14
15	16	17	18	19	20	21
22	23	24	25	26	27	28
29	30					

07 JULY
S	M	T	W	T	F	S
		1	2	3	4	5
6	7	8	9	10	11	12
13	14	15	16	17	18	19
20	21	22	23	24	25	26
27	28	29	30	31		

08 AUGUST
S	M	T	W	T	F	S
					1	2
3	4	5	6	7	8	9
10	11	12	13	14	15	16
17	18	19	20	21	22	23
24	25	26	27	28	29	30
31						

09 SEPTEMBER
S	M	T	W	T	F	S
	1	2	3	4	5	6
7	8	9	10	11	12	13
14	15	16	17	18	19	20
21	22	23	24	25	26	27
28	29	30				

10 OCTOBER
S	M	T	W	T	F	S
			1	2	3	4
5	6	7	8	9	10	11
12	13	14	15	16	17	18
19	20	21	22	23	24	25
26	27	28	29	30	31	

11 NOVEMBER
S	M	T	W	T	F	S
						1
2	3	4	5	6	7	8
9	10	11	12	13	14	15
16	17	18	19	20	21	22
23	24	25	26	27	28	29
30						

12 DECEMBER
S	M	T	W	T	F	S
	1	2	3	4	5	6
7	8	9	10	11	12	13
14	15	16	17	18	19	20
21	22	23	24	25	26	27
28	29	30	31			

1.

娇娇说昨夜来了十几个食物中毒的病人，她在急诊室一整个晚上脚不沾地地忙着，看到我的电话已是隔天中午。

她赶来医院的时候，我正在ICU的门口，医生出来与我交代着姑姑的病情，说她人已经醒了，排除了颅内出血的危险性，只是身上几处骨折，还是需要住院术后治疗康复。

我坐在门口长椅上看着姑姑的各种检查报告和医院账单，和旅行团及保险公司打着电话。那边推责说当事人自己没有绑好安全带，没有按照安全规章云云。我心中疲累，也实在没有心力与之争辩，想着娇娇在一边，盘算着让娇娇来说。

娇娇却格外安静地坐在身边，昏昏欲睡。她一脸的倦容，眼下乌青尤其深重。我挂了电话，就劝她回去休息补觉。

她推脱了几句，想起来什么，与我说道："我有个同学在这家医院的肾内科当住院医师，我与他联系一下，也算有个照应。"

她说完拨通了电话，简短几句，那边说正好中午吃饭休息，过来看看。

隔了几分钟，远远走过来一个身穿白大褂的男人。娇娇挥手，几步跑过去与那人勾肩搭背地走了过来。

她向我介绍:"晓莉,这是我们学院的学长,顾松竹。以前是我们的男神,现在是肾内科的大神。"她又勾住我,"这个就是我一直跟你说起的晓莉,怎么样,跟我说的一样漂亮吧。"

我因为娇娇的介绍而感到羞赧,我从来不觉得自己是个漂亮的姑娘。如果说打扮化妆过,我还有点底气说好歹能看。但是现在的我,满脸的憔悴和倦容,只能说比昨晚好些。顾松竹看着我,脸上是清浅的笑意。他皮肤白皙,却也不至于阴柔,细框的眼镜下眉眼清朗。

人如其名,当真如松如竹,朗月清风、安静儒雅的模样。娇娇之前从未与我说起过这个人,但我相信学生时代荷尔蒙密集爆棚的背景下,他一定是许多姑娘的梦中男神。

"娇娇说你家属在ICU。你若是方便,把情况与我说说。"顾松竹说着。

我把姑姑的检查结果都给了他翻阅。他细细看着,点头说:"我知道了。你也别太担心,虽然目前状况不太好,但是总体看还是乐观的。我在医院里,有事儿我照应着就好。"

"那谢谢你了,顾医生。"我心里这才有点底。

顾松竹勾唇笑起来,语气里有些调侃:"不用这么客气,都是校友,也是娇娇的朋友,叫我顾松竹就好。总不成'顾医生''徐小姐'这么称呼着。"

我与顾松竹交换了联系方式,他说只要他在医院,就会来这边多问问多看看。娇娇谢了他的仗义,扬言之后会请他好好吃顿饭。两人说笑了几句,他接了急诊的电话,便匆匆离开了。

我低头将他的号码备注姓名,娇娇撞了撞我的胳膊,一脸揶揄："你觉得这个学长怎么样？单身哦。"

"我看你挺喜欢的，你怎么不追。"我侧眼瞅她。

谁料娇娇忽然神情严肃了起来："我是想过啊，不过人家不喜欢我这款的。"

下午四点多，姑姑从ICU转出进了骨科的病房。

她麻药劲儿没消多久，浑身疼得厉害，止痛泵似乎并没有什么作用。她攥着我的手，默默地流着眼泪。我握着她的手，她的手一如从前的柔软温热。

我一直提着的心这才落回了原位。我曾在脑海里设想过无数种可能，每一种都让我心惊胆战不知所措。但是所幸，命运给了最好的结果，我还能像这样牵着她的手。

医生护士都说她命大，这么大的撞击，除了外科的皮肉伤需要受点难，没有什么其他的大碍，是个有福气的人。她笑着说，家里姑娘还没嫁人，怎么敢就这么走掉。

我请了三天的假留在医院里陪她。如果之前没有去相亲的话，可能请假时间可以更长些。

陆鸣来的时候，我正在给姑姑削苹果，听着姑姑跟我说着危言耸听的案例。什么谁家的大女儿长得闭月羞花，二十几岁时谁都看不上，到了三十多岁只能嫁给快五十岁了离异带着正是叛逆期的孩子的男人。什么谁家的小侄女去年相亲的时候遇到现在的老公了，前几天已经办了酒席生活得不要太幸福。

我看见陆鸣站在门口，仿佛看到了救星，赶忙站起身请他进来。

他穿的是我们第一次见面的那件皮夹外套，上面风雨痕迹仍在。他见了姑姑向她问了好，将带的水果放在了窗台上，然后在床边椅子上坐了下来。

姑姑见了他很高兴，一直在问他母亲的情况。陆鸣说他母亲今日出院，已经办好了出院手续，晚上就可以回家休养了。趁着白天在医院，先来看望一下。

陆鸣语气温柔，就像是随风潜入夜的细雨，很讨长辈喜欢。我站在一边继续削着苹果，默默看着他们聊天。姑姑的视线落在我身上，话题也逐渐落在了我的身上。很意外的，姑姑的话题没有往常的数落，满满的都是夸赞。

什么我上学的时候一直拿奖学金，还会勤工俭学自给自足。什么我特别孝顺，特别乐于助人，街坊邻里都很喜欢我，如是等等。我有些不好意思，倒不是因为姑姑夸大其词，而是觉察出她对陆鸣说这些的动机，让我很心悸与羞赧。

陆鸣认真地听着，没有表露出半点没兴趣或者是不耐烦。时而应声，像是真的听进去了一般。

我给姑姑使眼色，她却仿若未闻，继续说着："你要多多照顾一下我们家晓莉，这孩子要强，有时候可能生活上情感上有困难，也不会跟长辈说，都是靠你们同龄人互相帮衬。"

"我会的。"陆鸣应了下来。

我很感谢他没有把我们原来住在同一个小区、同一栋公寓、同一层楼的事情说出来。

病房门敲了几下，我抬头望过去，见是娇娇的学长顾松竹。他穿着干净整洁的制服，浅笑清雅，他摆手与我打招呼，看到姑姑以及坐在床边的陆鸣，脚步停下来，也笑着问好。姑姑没见过他，以为是来查房的医生。

我连忙介绍顾松竹："姑姑，这个就是娇娇的学长，顾医生。他是这家医院肾内科的住院医师。"

"这是我姑姑。"到了陆鸣那里,我顿了顿,"这位是陆鸣。"

我不知道如何去介绍他,我朋友?可能我们还算不上朋友。

顾松竹说正好骨科有个会诊,然后顺路来这边看下。他翻看了下姑姑床尾的病历夹,点了点头。我想起明天不得不回去上班的事情,虽然不好意思,但还是拜托他如果在医院就多多关照。

顾松竹很爽快地应着,依旧让我无须这么客气。

寒暄几句,顾松竹就离开了。不一会儿,陆鸣也同我们告别。当病房里又只剩我与姑姑的时候,我啃着已经氧化的苹果,听着她意料之中的问题。

"顾医生多大了啊?有没有结婚?"

2.

姑姑至少还要在医院住上一个月。而三月开始，工作上的事愈发烦冗，我只能争取每天不要多加班，多有时间去医院陪姑姑。我给她请了护工，照顾她的饮食和日常活动。

她平时交好的朋友也时常轮流来医院陪她聊天解闷，在医院养伤的日子虽然漫长，也不至于过于无聊枯燥。她不愿我在医院陪她过夜，往往到了九点就开始赶我回家睡觉。我专门买的陪夜躺椅，除了头两天她从监护室出来浑身还是各种检测仪器的那几夜，竟是一次都没有用过。

我一直以为姑姑住院后在我相亲这件事的心思会少些，哪知道她变本加厉。每天与朋友聊天的话题，一半都是在给我物色。

我曾暗示过以前的相亲都是悉数失败的，这让我对这件事情开始有了抵触。她动情地拉着我的手说："要是你有个伴，我无论是什么个命运，都安心。这么一遭，更觉得我时间不多，必须抓紧。"

说完她想到伤心处，泫然欲泣。姑姑的心意我了解，但是我不爱听她这话。

然而这话的确是有效的，我确实不曾再抱怨过。或许曾经是我对爱情和婚姻仍然抱有着期待与侥幸，现在又多了些希望姑姑开心遂愿的心思。

  三月的雨，似乎就没有断过。淅淅沥沥下了好几天，心情也是湿漉漉的。我下了班如约往附近的商场赶，这是姑姑住院期间躺着给我安排的第一场相亲，选送单位是姑姑隔壁床的病友。

  约在商场三楼的火锅店里，说是男方这么安排的。

  我不予置评这个选址，但当进了火锅店看到热火朝天的景象还是有点蒙。我给男方的手机发了短信，说我到了。隔了几秒就收到回复："B32。"

  服务员领着我找到座位，就看见个身穿驼色针织衫的男人背面坐着，他垂头看着菜单，提着笔敲着桌面，一副纠结犹豫的样子。

  我在他面前站定，问："你好，是张聪吗？"

  他抬头看向我，弯如新月的眉眼忽然僵住了："徐晓莉？你是我认识的徐晓莉？我还以为同名同姓呢。"

  竟然是我认识的张聪，我也以为只是同名同姓呢。

  张聪是我的大学同学。虽然同班，但是四年里讲过的话，大概用手指头可以数过来。我对他的印象也只停留在大一大二点名那会儿，每次点到张聪都是一片沉寂，只要他喊了"到"，之后的名单班长都不看一眼就跟辅导员报告"今天全勤"。

  他热情地招呼我坐下来，把菜单推给我："你看看要什么锅底。我看了好久，快疯了。"

  我选了个香辣锅将菜单递还给张聪，他如释重负地与服务员先报了锅底，开始认真地勾选着，时而抬头问我意见，我笑得尴尬，只说都可以。

同学真是一种玄妙的缘分，就算平时交集不多，毕业多年不曾联系，甚至连名字也已经想不起来，但是只要看到那张脸，你就能脱口而出"老同学"，然后飞速地重新熟络起来。

但是在这个场景里，遇到老同学，除了尴尬，我不知还能怎么形容。尤其是当他突然想到什么，开口问我："你怎么在相亲啊，我以为你早就跟林涛结婚了。"

为了躲避这样的问题，我已经两年没有参加过同学聚会了。

大学刚毕业的第一次同学聚会，情理之中是我和林涛一起去的，同学们打趣着问下次聚会是不是应该直接约在我们的婚礼上。我笑着说不能便宜你们，现在一个个都拿着那么点工资，怎么给我们包大红包。怎么着也得等两年，等你们有原始积累了，包个大的才行。

那之后我就再也没有去过。

娇娇说林涛结婚那会儿发请柬，也请了不少大学的朋友。那几天我关着手机与世隔绝，也躲过了不少看似关心惋惜的来电。

张聪不知道我与林涛的事我很理解，他大学四年的学分差不多都是在寝室里修的，两耳不闻窗外事，一心只打LOL。有年期末考，我们都裹着大衣哆哆嗦嗦坐在教室里发抖，他穿着单衣，迷茫地站在教室门口望着窗外忽下的初雪，念叨着，怎么已经冬天了。

所以对他还能一眼就认出我这件事，我真的心怀感激。

火锅热气腾腾地冒着烟，我涮着羊肉，听张聪说着毕业之后的事。他在家宅了大半年，本来想做电竞，两个月后才发觉这行深似水，不可言传的体会也不少，遂又在家宅了大半年。之前做电竞认识的人，介绍他做了现在的工作，网络游戏设计策划。他很快上手，手上几个项目都有很不错的成绩和收益，一年时间，收入不菲。

"我这大学的主修还是管点用的。"张聪笑笑，给我碗里夹了块鱼豆腐。我和张聪从来算不上熟络，他给我夹菜这个举动，让我颇为不好意思。

学生时代的他给人的印象总是一股萎靡颓然的气场，神情言语里都流露着身体被掏空的即视感，像是隐居在男生宿舍的暮年老人。现在看他，只觉得精气神正是血气方刚的年轻男子该有的。

看及此，我竟产生了作为班级委员之一的欣慰之感。

"你们还联系吗？"张聪给我倒茶，忽然这么问。

"嗯？"我一时没反应过来。

"我是说林涛。"他眨了眨眼睛。

"不联系。"我摇了摇头，笑容边角带着些自己都察觉到的苦涩。

"哦。"张聪应了下来，语气里有些慨叹，"挺可惜的，想你们以前简直就是我们学校的模范情侣。不过没关系，有的人就是经不起时间考验。来，我以茶代酒敬你一杯。往事咱们不回头。"

他端起了杯子，浅淡的茶色在白瓷杯子里明晃晃的，格外透亮。我心中横生温暖，笑着与他碰杯。

之后我们聊起了许多大学生活的事情，虽然大学里鲜少交集，但到底拥有着同样的青春回忆，有种情怀在心间荡漾着。我们说起了刚毕业就开始装空调的寝室，说起了食堂里那个打饭时候习惯性手抖的大妈，说起了我们"地中海"的辅导员和去年嫁给他的学姐。

我才知道张聪本是个幽默风趣、妙语连珠的人。一顿火锅，吃得我肚子痛，不是饭食有问题，而是笑的。我们很愉快地在地铁站闸机挥手再见，相约下次一起去看ChinaJoy，他说有他现在公司的展台。

姑姑打电话问我相亲得怎么样，我才想起来今天的主题。我说遇到了老同学，姑姑笑着说，老同学多好啊，真是缘分啊。

我苦笑着回答："他一直问我和林涛怎么分手了。"

电话那头没有了笑声，过了一会儿她说："这么嘴碎的人就算了。"

3.

我以前一直说要去爱琴海拍婚纱照，去圣托里尼度蜜月，其实也只是说说的。其实我心里最希望的结婚照，就在校园里拍。

场景和姿势我都想好了。我们可以坐在教室座位的前后桌，他拉着我的小辫子，我回头怒瞪他。我们可以并肩盘腿坐在操场的足球门下面，他抱着足球，我靠着他的肩膀。我们可以面对面坐在食堂里，他夹着我盘子里的肉，我偷偷喝着他的饮料。我们还可以在图书馆里拍，我在临窗的座位上看着书，而他看着我。

甚至连婚礼我们都可以在学校办，就在我们第一次见面的大礼堂里摆上几十桌，除了亲朋好友，让老师校友都来见证我们的爱情。我就穿着婚纱在以前住了四年的寝室，新郎要是接新娘，想要进门，先过了宿管阿姨这关再说。

我和林涛在一起的第二年，我就开始想着这些情景，一想想了六七年，那些细节都变得完美无缺、清晰可见，甚至就是明天。

但是这些我从来没有跟他说过，我只是念叨着我要去爱琴海去圣托里尼。小姑娘自以为聪明的心思里，是想着当他真的打算硬着头皮空着钱包带我去海外的时候，我可以很体贴贤惠懂事地说："我们就在学校里拍吧！省钱！"

一度我很后悔，我早该将这样的想法告诉林涛，或许如果婚礼这么简单情怀的话，我们早就可以结婚了。

这个愚蠢的悔意又在脑海里浮现了，手机上显示的时间是十一点三刻。

我在家门口坐了半个小时，在想我该何去何从。

我进不了家门，因为我的电子密码锁没电了。打电话找维修，物业早已下班了。我试着摸索着外面哪里可以装电池，无奈门锁边边角角都是光溜溜的，也没有活口可以掰开，忙活了很久也是无济于事。想着干脆去附近宾馆住一夜，翻找了阵却想起我的钱包和身份证都放在姑姑的病床枕头下了。

最后一线希望，想着手机付款功能，却意识到还完房贷之后的月底，手机软件里已经没有一个计程车起步费的余额了。各种方法都在脑海里被否决了之后，我无力地靠着门坐了下来，看着幽深晦暗的走廊，拍了张大门的照片发到朋友圈里，写着："有家不能回，有门不能开。有的时候，钥匙比密码锁更靠谱。"

这真是现代人的毛病，什么事情都要发个动态纪念一下。

十分钟内，我收到了二十八个赞，这个让我很心塞。

更心塞的是，手机已经响起了第二声电量提醒。我懊恼为什么之前在地铁上玩了半个多小时的手机游戏。

很快就要十二点了，我以往看的恐怖片里的鬼怪已经开始蠢蠢欲动了。我决定不管怎样，都不能在这走廊里再待下去。我想起住在919的陆鸣。打开通讯录，在陆鸣的界面犹豫了片刻，还是打了过去。很遗憾的，是忙音。最后一点希望，就像是奄奄的烛芯，一阵风过去，化为烟雾了。

我的房门斜对角就是电梯间，一片安静中忽然听见电梯门开了，隐约听见脚步声。这个点了，非奸即盗。我绷直着身子，又给陆鸣打了电话。

空旷的走廊，响起了手机铃声。那人掏出手机看了眼，屏幕的白光映在他的脸上，我才松了口气挂了电话。

"徐小姐，你怎么坐在这？"陆鸣走近，解释道，"电梯里没有接到你的电话。"

他西装领带，打扮正式又讲究，像是刚下班回来。饶是灯火昏暗，也看得出他面上的疲惫。

"没事没事，见到你就好。"我赶紧站起身来迎上去，我的手机也在这一刻回光返照了一下随即漆黑。

他看了看我的门锁，大概体会到了我的为难，问道："应该有张电子卡的？"

我木讷地摇头，他又看了会儿，叹息着说："按原理，是可以外部充电的。"

陆鸣伸手指了指门锁侧边两个并不起眼的小圆点，讲解道："你看这里，应该是可以连电池正负极的。不过这种电池便利店估计很难找到，已经这么晚了，大概其他地方也都关门了。只能明天一早去买电池或者打维修电话。"

我应了声，又陷入沉沉的无奈里。

"不介意的话，今晚先到我那儿的客房将就一晚吧。"陆鸣如是说。

4.

我住的910是一室一厅带个小阳台的小户型，不到六十平米。去年年初我一直在看房子，只有这间有面大大的落地窗，看房的那天万里无云天朗气清，清澈的日光照在窗内的白瓷砖上，亮堂到心里。只这一眼，我就知道是它了。

我东拼西凑又觍着脸借了姑姑和娇娇一些钱，总算付了首付。每个月还三千五，大概还需要三十年能还完。

但是也是我值得吹嘘的地方："是我以前住的房子的两倍大小，按人均算下来，我增长了四倍的面积。以前是借别人的，现在我可是户主。"

910成了我重新开始的避风港湾，某种程度上也成了我的精神寄托。

我不敢轻易地怠慢它。

因为再没有多少积蓄，我拜托朋友开车带我去外地的工厂直销。为了省安装费，我打算自己安装，所有的木材零件堆积在房子里，今天装完了床我就有床睡，明天装完了桌子，我就有地儿吃饭。就这么一点一点地把家布置起来，到现在我都能清晰说出任何家具有几颗钉子。

这个月省几顿聚餐的花销，下个月就有了烤箱。忍住入手流行色号唇膏的冲动，就可以在床头多做一个小书柜。我将心力和零碎的财力都放在了这间属于我的房子里。

我贴上了带着稀疏粉色碎花的墙纸，挂上了白色蕾丝的窗帘，在小阳台上种了一排芦荟和吊兰。走廊的边缘我做好了光带，每处的开关我都贴上了夜光贴，每个桌椅橱柜的边角我都细心地包好。

910每天都在发生美好的变化，而对我而言，除了一种成就感，更像是一种治愈的修行。

陆鸣住的919是三室两厅两卫的户型，一间主卧一间客卧还有一间书房，目测超过一百平。姑姑刚开始介绍他时，特别说了，人家有一套全款支付的房子。你看看，就算住在一栋楼里，也是完全不一样的阶层不一样的人生。

陆鸣换下了外套在厨房烧水，他套着一件单薄的藏蓝色浅口毛衣，有些闲散。

屋内很静，只听见热水"咕嘟咕嘟"的声音，我呆坐在沙发上四处打量，他的装修风格偏后现代，基调色深沉，简约大气，就像他给我的感觉一样。

客厅的墙壁上，挂着一幅色调黑白的油画。起初我没注意，目光回转掠过的第二眼，我才看清楚画上的内容，是冬天的外滩。

画上只有冷峻的建筑物和萧索的冬树，江水白寒，不见人迹。

右下角有个落款，我还没细看，他已端茶走过来。我不知为何心中忽生窘迫连忙开口搭茬："你刚下班？"

"嗯，加了会儿班。"他在我对面坐下，"你姑姑情况好些了吗？"

我点头："挺精神的。只是还要再慢慢养伤。"

陆鸣一手端着茶杯，一手扶着沙发把手，歪头看了我几秒钟，忽然问道："相亲去了？"

"嗯？"我心里一惊，脱口反问，"你怎么知道？"

他唇边荡起笑痕，耸了耸肩："现在刚知道。"

此时已经快凌晨一点，他带我到客房。我走进客房，回头看陆鸣站在门口。

"有的时候母亲会来住几天，柜面上有些女生的护肤品保湿水，你可以用。洗漱的东西准备了一套放在卫生间了，你直接用就好。没什么事的话我就回房先睡了，你随意走动不用担心。"他说完转身要走，又扭头补了句，"冰箱里有吃的，饿了可以吃。"

我连连向他道谢，暗暗庆幸今天还好有陆鸣。

我很快地洗漱完毕，轻手轻脚地回到了卧室。关门的时候忽然想到我没电的手机，懊恼刚才怎么没有想起来问陆鸣借充电线，转身却看见它缠得整齐地躺在枕头上。

我关了灯和衣躺下来，枕头和被子上有淡淡的栀子香。这个房间也有一面大大的落地窗，窗外也能看见远处建筑物整夜的霓虹灯，跟我窗外的夜一模一样。只是月光透过窗落进来，照在陌生的家具上，我这才回想起今晚是多么的玄妙。

在陆鸣与我说在长辈面前多多丑言的时候，我们大概都没想到我现在就睡在他的隔壁吧。

打开微信，见未读的消息竟然有十几条，大部分的开头都是"哈哈哈……"的句式。朋友圈里也有十几条新的点赞与回复，句式基本相同。

然后我看见了陆鸣的点赞。

5.

　　这夜梦见回到了学校。

　　梦里面有我上自习的教室，有我一天三顾的食堂，有我跑过的操场，有我嬉闹过的寝室，唯独没有林涛。我在梦里问，他去哪了，为什么找不到他。

　　不知是谁回答我说，因为他不是我的。

　　醒来的时候已经是早上九点。

　　陆鸣家里很安静，他似乎已经离开了。我在卫生间的镜子上，看到他留下的字条："冰箱里有三明治，牛奶可加热。已帮你打了电话给物业，九点半来你家门口换电池。"

　　他的字比我想象中还要好看些，撇捺间似有神韵，而且竟然是用钢笔写的。墨水的蓝色里透着些淡淡的紫色，出奇好看。这年头本身写字的人就不多，用墨水写字的，除了装×的就是真的肚子里有墨水的。

　　我把纸条收了起来。客房收拾整齐后，我匆匆地准备离开。已经厚着脸皮住了一晚，还趁主人不在蹭吃蹭喝似乎实在说不过去。路过客厅时，余光又瞥见墙上挂着的那幅画。我忍不住走近它，目光落在它右下角那蝇头小字上。

署名是陆鸣，旁边留下了时间，12月5日。

我脑海里却只有那一句，我望见了十二月，十二月大雪弥漫。

就像是一条咒语，连着陆鸣的过去。我有点好奇，却又觉得自己不该好奇。

去医院的路上，我发微信给娇娇简要说了昨晚寄宿的事情，过了很久她只回了两个字：有戏。

我摇头笑了笑，走进了病房。

姑姑戴着眼镜低头看着报纸，见我来了赶紧招呼我坐下来，跟隔壁床新来的病友介绍道："这就是我侄女儿，晓莉。"

隔壁床卷发的阿姨冲我笑得慈祥，连连点头。我回之乖巧一笑，心里面有点怵，不知道姑姑又跟人说了些什么。

我坐在她床边削着苹果，姑姑打开收音机听着电台。调频的电波声，忽然有一种很奇妙的触感。恍惚间回到了很小的时候，电台里放着时下流行的情歌，我搬着小凳子坐在弄堂里看着画册，姑姑围着白色的围裙在天井下晾衣服，阳光绕过她年轻的脖子，停留在她深深的酒窝上。

我把苹果切成丁放在了餐台上，然后想起什么问道："这收音机哪来的？"

"顾医生送的。"姑姑笑着，"顾医生人真好，经常来看我，还说怕我无聊，给我个收音机玩。比你心细多了，你要好好找人家道个谢。"

我点头应是。

接着姑姑又说："我帮你问过了，顾医生还没有女朋友呢。"

肾内科的护士说在顾医生办公室里,我敲门进去,顾松竹正趴在桌上睡觉,他身边几摞高高的病历夹,将他团团围住。

他听着脚步声惊醒过来,看着站在原地分外愧疚的我,有点不好意思地笑着:"抱歉,今天抢救了好几个病人,实在有点累了。"

我到底还是个慢热甚至有点装腔的人,致谢的话语里充满了自己都觉得文绉绉的寒暄。顾松竹照例让我不用客气,他递给我倒满的水,笑着与我聊天。

我们的交集点,大概只有娇娇了。于是娇娇很自然地成了我们的话题中心,我们从她大学时代的女神风貌一路说到现在她和邱胜屿的机缘。

"我见你们两个总是在一起,像双生姐妹花一样。"顾松竹笑着说,"我有几次问娇娇你的名字,她都一脸戒备地瞪着我,说你名花有主了。"

我尴尬地咧嘴,讪讪说着:"那都是以前的事了。"

然后我喝水以缓尴尬。

他的目光落在我身上,想到什么:"你现在也挺好的,上次见到你男朋友,也是一表人才事业有成的样子。"

"我男朋友?我怎么不知道?"我一口水差点呛着,想了想,大概是有次他见到陆鸣误会了。

顾松竹对上我的眼睛:"不是?"

我很严肃地摇头:"不是。"

"准男友?"顾松竹有点刨根问底。

我偏头想了想,哭笑不得地歪着头说:"点赞之交。"

四月，遍地薔薇

4.

　　林善池说带我去个书店，并且再三说我一定很喜欢。我与他再三确定不会出现上次"被小三"的戏码了，这才答应。

　　书店临着闹市车水马龙的街道，外面看是普通的老洋房。院子里有翠竹松柏又摆着山石流水，拾阶几步，大门则是古旧的移门。门边挂着一块纹路整齐的木匾，上面挥毫写着"隐尘"。

　　隐于尘世，有点意思。

　　有人来开门，穿着简单讲究的唐服，见了林善池很恭敬地颔首称呼："林先生。"

　　他引我们进门，换了鞋走上似是柳木颜色的光滑地板，走过细竹垂帘和一侧镶木边的大圆窗，我才发现别有洞天。虽外观是老旧的洋房，装潢也是崇古的，但是明亮洁净，细节处又可见智能的科技元素。

　　大厅格外地宽敞，一侧书墙，堂内下沉式的座椅和矮桌，每张桌子旁都有亮如昼光的感应垂灯。一侧落地窗与玻璃移门，窗外也有延伸的长廊，廊下摆着软垫和矮几，有三两人对坐谈天。

　　林善池带我穿过大堂往侧门走，他朝我挤挤眼睛说："这边可是VIP。"

侧门出来是露天的小石幽径，两侧松竹翠绿，又几个台阶，却见是两边厢房，移门边挂着木牌，有间木牌上漂亮的笔墨写着"池"。

林善池刷了卡，移门打开了。

厢房内正中下沉的矮桌靠椅，一侧书墙一侧茶案柜台，一束寒梅灯下摆着。落地窗下矮几软垫，还有一台苹果笔记本和马克杯。

林善池招呼我在窗边坐下，窗外是偏日式的山石园景。

他很得意地看着我，笑道："我说了你肯定喜欢。我在这里写文章，特别有感觉。"

我点了点头，从环境看，这文章就不是一般文章。他打开电脑给我看他新写的小说，就是之前我们聊起的那本。

他说女主名字叫晓善。

"融合了咱俩的名字，就当谢谢你给我的灵感。"林善池抛了个媚眼给我，"千万不要爱上我，诗人是多情而无情的。"

我默默翻了个白眼，无奈地笑了起来。

这边有人端上茶具，在一旁煮茶。第一遍茶沸过了蟹眼，林善池摆了摆手说："没事儿，我们随便喝喝，不用这么讲究。"

我站起来看书墙上的书，听他说着："这是我自己的书架，书类品目都是可以向他们订的，什么类型的，甚至是什么书名，他们按类摆好。你左手边那几本，是我写的。"

我随便挑拣着翻看，又听他说："大厅里也有许多书，可以借阅。没事儿也可以来翻翻看看。"

然后我看到一本包装素雅的本子。布面的封面，墨绿色底上星星点点浅白色的小碎花，泛黄的纸上是手抄的诗，字迹娟秀整齐，行间里还有朱砂色蝇头小字的批注。

我坐回林善池对面，拿起这本看他："你的？"

"好眼光，一找就找到我妈的。"他笑笑，神情里带着几分温柔，"她原来是清华的才女，去年癌症刚走。"

林善池在对面写着小说，他收起面上的玩笑之色，目光认真专注，键盘上噼里啪啦如行云流水，我捧着这本手抄诗集小心地读着，唐诗宋词也有，外国诗词也有，现代诗歌也有。

然后我看到了一首诗：

> 一月你还没有出现，
> 二月你睡在隔壁，
> 三月下起了大雨，
> 四月里遍地蔷薇，
> ……
> 十一月尚未到来，
> 透过它的窗口，
> 我望见了十二月，
> 十二月大雪弥漫。

署名是林白的《过程》。

我仔细读了一遍，心口突突地跳着，像是窥见了什么不得了的秘密，又是紧张又是兴奋。我抬头看了眼林善池，他正在码字。我低头看了眼诗，又忍不住抬头看了他一眼。

"这首诗？"我把诗集推到他面前给他看。

他手下敲击没有停歇，撇头看了眼，说道："林白的，我妈很喜欢这首。你也读过?"

我默默点头,心里却有些惭愧。我只读过这首诗里的一句话,却一直刻在脑海里。在之后的半个小时里,我反反复复将这首诗读了不下十遍,越来越觉得有些悲戚。

平淡安静的叙述,一年光景似是一段情又似是一生,像是讲给自己,又像是讲给谁的,就像是陆鸣的那条朋友圈。

下午四点多,我准备带晚饭去医院。林善池陪我办了会员,我在大厅书墙上选了几本书,打算借回去看。林善池与我告别,说下次可以约着再一起来。我想起那个穿着粉色外套的小妍,点头应好,心里却多少存着疏离。

2.

夜里给姑姑带了水果和馄饨,她说吃腻了医院的清汤寡水,非常想吃酱猪脚,推着我出去给她买,恰巧被查房的医生听见了,好好教育了一番。吃完晚饭,她窝在床上听着收音机里的"情感来信"迷迷糊糊睡着了。今天恰巧其他病友都出院了,就姑姑一个人守着整间病房,她紧张兮兮地说,隔壁病房有个病人过世了,不久之前家属刚哭天抢地推着病床走过去,实在吓人。

所以,今夜我留下来陪她。

然后我打开床头一盏幽幽的日光灯,躺在躺椅上蜷在毯子里读着借的书。

一本是蒋勋的《孤独六讲》,一本是苏童的《我的帝王生涯》,还有一本是林白的《林白文集》。

苏童的这本书,学生时代我读了不下三遍。我一向喜欢苏童的忧悒华丽的文风和细腻描白的叙述风格,学校图书馆里他的书我都读过好几遍,一本也没放过。

食堂吃过晚饭,我就和林涛一起钻进图书馆里,我们在一格格的书架上找着各自要看的书,转角遇到他,两人四目相对唇舌轻碰,又很快若无其事地分开。我红着脸在书架缝隙窥他，他挤眼暧昧笑着，空气里都是青春爱恋的味道。然后我们找个临窗的座位对面坐着，他读他的专业书，我读着他眼里的这些"杂书"。

看书看累了，我就偷眼看他。

林涛长得白净，眉眼清俊又温柔，一双眼灿若星河，就像是以前古书里说的美男子。他为人又谦和，学校里不乏女生暗送秋波，小学妹装乖示弱，学姐温柔送关怀。我时常感叹，亏得在他还没开眼的时候就把他握住了。

月落星稀的时候，我坐在他的自行车后座，环着他纤瘦的腰，带着凉意却分外温柔的夜风拂在面上，鼻翼间有他衬衫上属于他的淡淡气味，我昏昏欲睡，却听他笑着说："手可别撒，摔下去我可不停车捡你。"

我闻言紧紧搂紧，再也不敢松。

凌晨一点，夜班的护士来给姑姑量了体温，故事里的端白结束了他孤独的帝王生涯，专心地走着他的绳索，变成了孤独的民间杂耍艺人。

淡淡的寂寥萦绕在心间，我的目光落在书的最后一页。

最后一页做了一个纸口袋，活页是隐尘书店做的借阅卡。上面记录着借阅人的姓名和时间，就像再早些年的图书馆，特别有情怀。

不同颜色的笔墨和不同的字迹，不同的时间和空间，唯一相同的是在某时某刻，我与这里面的每个人一样，拥有过这本书，我们的人生在这一刻不曾谋面地交汇了。细想起来，也是很玄妙很美好的机缘。

我找了笔，准备在最后一个借阅者的下面一行写下自己的名字和今天的日期。

　　那个名字我看着眼熟，细看后心口一跳，带着些酥酥的痒。像是翠谷里的一汪深潭，一片春叶随风飘落，荡起浅浅层层的微波。

　　陆鸣。

　　是他的字迹。墨水也是他的，蓝色里带着些紫色。我前几天专门网上搜索过，这个墨水的颜色叫"时雨"。

　　他写下的时间是3月11日。

　　我在下一行写下了自己的名字，后面备注4月3日。

　　夜里很安静，心里似有蔷薇缓缓盛开。

3.

医院食堂的早饭比想象中要好，除了品种繁多，卖相也不错。

我看了眼表，六点三刻。这个时候人不多，大多都是医院里的工作人员。我买了碗小馄饨，找位子坐下来慢悠悠吃着。

然后有人在我对面坐了下来，笑语盈盈地问好："早啊，晓莉。"

"早，顾松竹。"我抬头打招呼，才见他今天有些不一样。

平时几次见的都是他穿白大褂的时候，倒是第一次见他日常的休闲打扮，黑色卫衣牛仔裤，少了那么几分成熟稳重，到底还是个年轻人该有的模样。

"这么早就来了？"他打量了下我，估计是看到我眼下的乌青，蹙眉又问，"在这里陪夜了？"

我点头："正好周末休息，白天再回去补觉就好。"

我们俩默默吃着早饭，几个穿着制服的小护士从身边走过，一个个跟顾松竹打着招呼，他勾唇浅笑一个个地回应。

我笑着揶揄："顾医生人气挺高的呀。"

"都是科室里的同事。"他把餐盘里的生煎推到我这边，笑说，"你夹几个吃。"

这哪好意思。

我用"吃不下"来推脱,他也不再强求。

"松竹,这是你女朋友啊?"又走过来两个穿着白大褂的男人,看年纪已经三十出头了。他们端着餐盘顺势在我们边上坐了下来,笑着介绍起自己,"你好,我们是松竹的同事,也是他的直系学长。"

"你们好,我是徐晓莉。"我看了眼顾松竹,解释起来,"顾医生的朋友,看起来我们应该都是校友。"

顾松竹面上没有表情,顺着我的话说道:"晓莉是娇娇的朋友,她家里人在这里住院。"

等我们吃完早饭,顾松竹送我到医院门口。我挥手与他告别,还没走下医院台阶就听他叫住了我。然而他只是张开嘴,似有话在喉中,却没有说一句话。

我等了一会儿,他笑着说:"路上小心。"

对于顾松竹我了解得不多,但据我所知,每次他去看望姑姑的时候,都会听到不少关于我零零碎碎的事情。所以在我们对双方的认知和了解上,本身是有深浅分别的,这直接影响到我们彼此交流的态度上。

就像他对待老朋友的亲和关切和我一直矫揉造作般的寒暄客套。

之前和顾松竹聊天时听他的语气,他与娇娇似乎很要好,然而在四年的光景里,我从未听到"顾松竹"这个名字,最多偶尔有什么事会以"我的一个学长"这样的称呼含糊而过。我曾经质疑过顾松竹在娇娇心里是否有位置,因为只有这样,很多逻辑才解释得通。

所以从心里我对他是抱有避嫌的距离感的。

我一直很自私想着，等到姑姑出院了，就不要再联系了吧。

然而我看到了娇娇刚刚更新的朋友圈，是一张和邱胜屿的合影，他们站在山顶俯拍着迎着阳光的两张笑脸和背后的群山，配文写着："孽缘就孽缘吧。Anyway，我们在一起了。"

我点了赞，心头一阵轻松。而后抬头望向公交车窗外的早晨。恰巧路过衡山路，街道两旁的梧桐树枝叶繁茂，细碎的阳光透下来铺洒在人行道上。

恍惚间看见有个女孩挽着男孩的胳膊笑闹着走过，男孩垂头浅笑，伸手摸了摸她蓬松的头发。她年轻的脸庞洋溢着青春和爱恋的美好，眼睛里是比清晨日光还要澄澈的光彩。

男孩模样长得像极了大学时代的林涛。

我伸着脖子再一看，只是我幻觉。

4.

娇娇约我晚上吃火锅，我知道她是打算来正式介绍家属的，果不其然见四人卡座里两个依偎在一起的人。

娇娇笑着说："不用再介绍了吧，邱胜屿，晓莉。"

我冲邱胜屿揶揄说笑："恭喜你，拿下了这么个难攻难守的根据地。"

他笑着没说话，娇娇嗔怒地盯着我，把菜单推到我面前："等你挑锅底呢，赶紧的。"

这话我上个月听张聪讲过。

娇娇化着精致的妆，披肩的长发柔顺得像洗发水广告里的主人公。锅底上来，娇娇就急吼吼地涮起羊肉，说着："调休出去玩了几天，后面要连上八天班还有两个大夜班，我得好好养养。"

邱胜屿变戏法一样从口袋里拿出黑色橡皮筋帮她扎起了头发，眉眼宠溺。娇娇很热切地跟我聊着出去旅游的见闻奇事，以及问我相亲的成果。邱胜屿始终嘴角含笑认真听着，帮我们夹菜蘸酱，细致入微照顾到我们马上见底的水杯和指尖残留的污渍，安静地刷着存在感。

我们聊了一会儿，娇娇忽然接到了电话，她捂住手机跟我们示意了一下就跑到外面去接听了。

趁着娇娇不在，我探着脑袋问邱胜屿："快老实交代，你用了什么套路，套住了我们家娇娇。"

邱胜屿笑了笑，很坦然的模样回答着："用心就好。娇娇看起来风风火火的，其实心里还是个脆弱的小女孩，让人心疼。"

这个答案让我愣了愣，然后忽然心里很暖，也安下心来。

我原想着以他们相识的戏码，大概也是个套路深的浪子或者游走在百花中的少爷，但除夕夜的一聚加上今天这么一看，就知道起码他不是那样的人。要相信娇娇的眼光和自己的眼睛，我这么对自己说。

过了快十分钟，娇娇才回座，除了她还有一个人。

娇娇挽着他的胳膊笑着拉他入座，朝我眨眼睛："你看我把谁带过来了。"

我抬眼望过去，正对上顾松竹的目光。平常的浅色衬衫，干净利落的模样，他冲我点头浅笑，然后被娇娇推搡着在我身边的空位坐了下来。

"我们顾大医生正好今天晚上有空，温饱还没解决，咱们就一起了。"娇娇眨着眼睛，满脸得意。

顾松竹瞥见我脚边的大背包，问道："这是准备去哪？"

"没有，姑姑一些在医院不要用的东西，让我顺路带回家。"我回答，把包往自己椅凳里又挪了挪。

娇娇看着我们，用胳膊肘戳了戳邱胜屿："你看看对面，郎才女貌。"

她这话让我有些尴尬，我下意识瞥了眼顾松竹，他似乎并没在意。

娇娇一如既往地畅谈,我却因为顾松竹的出现,多少变得拘谨了些。娇娇继续聊着他们的旅行,三言两语满是无意的恩爱和有意的狗粮。其中也有不少对我和顾松竹的揶揄之词,譬如"别人看我们桌,会不会以为是两对情侣的couple time啊","不过你们俩看起来像登对的情侣,我和老邱就像是拜把子的兄弟"。

我只有尴尬讪笑和眼神制止。

我明白娇娇想撮合我们的意思,但她言语如此直白袒露,我心里挺怕顾松竹会不太高兴或者有些芥蒂,全程偷眼睄他,好在他面上并没有不自在的颜色。

吃完火锅已经夜里九点,顾松竹看了看表,问我怎么回去。

我笑着回答:"我去坐地……"

还没说完,就听娇娇打断了我:"坐什么地铁啊,还带着这么些东西,多沉啊。学长正好顺路送你嘛。"

顾松竹接茬点头:"我的车就停在附近,你在这稍等一会儿。"说完,他也没给我间隙,拎起我带的大包转身就走了。

我没好气地瞪着娇娇,伸手作势要拧她的胳膊:"就你话多。忍你一晚上了,忍不住就要掀火锅了。"

她躲到邱胜屿身后,露着脑袋娇声笑着:"你们两个明明都有点意思,就差那么一味药,那就是我啊。帮你还被打,真是没天理。"

"呸,我没有。"我赶紧说,眼睛瞄着顾松竹是不是还在附近。

"也不知道是谁这个不吃那个吃不下,在那给姐装小鸟胃装淑女。你忘了我们去吃自助餐你扶墙进扶墙出的凶残样了吗?"娇娇仗着有人保护,有恃无恐地揭着我的底。

我瞅了眼邱胜屿,眼神里写着"女人的战争,你最好识趣点"。他很快明白了我的意思,笑着闪到了一边。好在顾松竹的车在我们身边停了下来,打断了我们的笑闹。

我坐顾松竹的车里,与娇娇挥手告别。后视镜里邱胜屿搂住她的肩膀,她踮脚献上一吻,脸上满是温柔和旖旎。

镜子里就这么大,世界里只有他们两个人。

我与顾松竹都没有说话,一路很安静地开着。我几次想开口,却找不到合适的话题,气氛有些尴尬的干燥。我私心想着是娇娇撮合用力过猛的缘故。

不知道是哪出了事故,高架堵了很久。我们跟着一点点地往前蹭,半个小时过去开了没有几公里。顾松竹打开了广播,听着最新的路况,说是前面高架路面出现问题,正在抢修。

然后他侧头问我:"累吗?"

我摇头,有些歉意:"本来你早就能到家的。"

其实我如果坐地铁的话,可能也已经到家了。

"到家了也放不下心。"顾松竹这么说着,而后尴尬地笑了笑,"我的意思是,女孩子晚上回家还是有个伴好,我力所能及。"

我沉默了一会儿,还是觉得要解释一番:"今天娇娇说的话,你千万别往心上放。她一贯喜欢开些没头没尾的玩笑。"

顾松竹点了点头,目不斜视地说:"没事的,我本来还想顺着她的话茌喳一喳她的。感觉你有点不自在,这才任她出招。以前这小妮子话可说不过我。"

过了一会儿，他忽然想到什么，侧头问我："上次你姑姑病房隔壁床给你介绍的相亲对象怎么样？"

我愣了愣，心想他是怎么知道的，转念再一想，这真是再正常不过。

我干笑两声："碰到老同学的概率有多小？"

"缘分啊。"顾松竹挑眉又问，"怎么样，在一来一去的青春回忆里，同窗友谊中有没有升华出些不一样的东西？"

"并没有。"我依旧干笑着，"比上次百人相亲还尴尬。"

"什么？百人相亲？你去了？"顾松竹扑哧笑出了声，然后在之后堵在中环的一个小时里，我们就这样聊起了我的相亲奇闻。

其实顾松竹是个很幽默很健谈的人。他本应该是个相处很轻松的朋友，但或许是我认识他的缘由和场合，从我见到他的第一眼，我就很拘谨很正式。我一直把他想得太严肃了，而我比他想得还要再严肃一点。

我终于逐渐摆脱了对他"顾医生"的角色定位。

我们说起了学校里那只浑身雪白的流浪猫，好玩的是我们竟然都喂过。我给它取名"八点"，因为我总是每天晚上八点散步的时候喂它，而顾松竹是每天晚上十点从图书馆出来喂它，他给它取名叫"小雪"。

大三那年冬天下雪的时候八点生下了几只小猫，我急匆匆去找它，生怕它们冻坏了。却发现已经有人给它们搭好了窝，还铺了不少的旧衣，看样式是个男生的。当时还在想，学校里竟然有这么心细体贴有爱心的男生，一定是"我很丑但是我很温柔"类型的。

没想到竟然是顾松竹。

我收回年轻时那么浅陋无礼的推测。

出了中环已经十点半了,路上变得畅通,我们的谈天气氛正是高涨。他打开音乐,是五月天的《温柔》,它在夜风里飞驰着,散在夜里霓虹灯的光影里。

"娇娇说你很喜欢这首歌。"顾松竹这么说着,向后飞窜的灯光一格格地晃过他淡然的脸。

我不置可否地笑。

这的确是我上学的时候最爱听的歌。

在学校午后带着阳光青草香的草坪上,我和林涛一人一个耳机,单曲循环着这首歌懒洋洋地晒太阳,唱到"天的温柔,地的温柔,像你抱着我",我心里就像融了阳光一样温柔。我们分开之后,我就再也没敢听这首歌,因为我终于听懂了。

车在楼底下停下来,他探头看了眼,而后问:"你住几楼?"

"九楼。"

他开了车门,绕到后备厢帮我把包拎了出来。

我准备与顾松竹告别,但他似乎并没有打算急着走:"我送你上去吧。"

"不用了,已经麻烦你这么久了,你赶紧回去休息吧。"我摆手拒绝,用了些力气才接过包。

他也不再强求,也不见上车,而是站在车门处静静看着我,几秒之后他开口说:"晓莉,我这个月底要去德国。"

"嗯?"我歪头看着他,楼下没灯,别人家窗子里的灯光透出来,落在他浅色的衬衫上。

"去德国的合作医院进修调研,大概要半年时间。"他又解释了句,"嗯……只是跟你这么一说。"

"那你一路小心,咱们常联系。等你回国再聚。"我笑着说。

"好。"顾松竹应声,沉沉夜色里他的神情被掩去了大半。

进房间后我鞋都没来得及换,跑到窗边探头往楼下看,他刚刚打开车门坐进去。我目送他的车离开视线,这才关上了窗子。

深夜洗漱完我开始收拾姑姑的东西,拉开拉链却看见个从来没有见过的盒子。不疑有他地打开,却愣了愣。里面是《超能陆战队》里面大白形象的遥控夜灯,盒子里还有张纸条,上面写着:让Doctor Baymax伴你好睡。后面署名是松竹。

我把它放在床头,按着说明书试着遥控器。我枕着胳膊舒舒服服躺好,看它的大肚子里亮起了柔和的渐变着的白光,照着房间的一隅和带着小碎花的窗帘。

晚安,max。

5.

我知道姑姑用我的信息帮我在交友平台上注册了账号，发了几张我的生活照和一些基本信息。但是我不知道这事儿的走向竟然越来越诡谲。

这天还在公司开会，接到姑姑的电话，说有急事让我下班务必要来一趟。我担心她有什么事，偷偷早退了一个小时赶到医院，急匆匆往病房奔。她戴着老花镜坐在窗下看着手机，见了我满面红光地打招呼。

然后她把手机递给我看，笑盈盈说着："你看我们家晓莉多么受欢迎，这么多男生要认识你呢。我挑了几个年龄条件都般配的，你看看，有没有合眼缘的。"

我额头上瞬间冒出三条黑线。

"你不要有那么大的心理压力，姑姑没盼着你认识个人没几天就谈恋爱结婚，这样也不行的。就当多认识认识，交个朋友。你就是圈子太小。"姑姑一面劝慰着我一面滑动着手机屏幕的照片，"你看这个，长得帅个子也高。哎哟这个也可以的，在银行工作的。这个也行，就是年纪比你小点……"

她热切地介绍着，眼睛里闪着光。

我扶额叹息，只说听她的。

得了我这句话,她又开始问我之后哪些天有空,兴致满满地安排起了相亲日程。

晚上我刚到家,又接到姑姑的电话,她说把我的电话给了几个男生,让我不忙着见面,先电话短信聊聊。我挂了电话打开微信,已经有七八个好友申请。

姑姑当年一定是个撩汉能手。

我接受了好友,顺势把他们拉进了微信标签"相亲"里面,这才发现这个标签里,已经不知不觉有了十几个人了。

朋友圈日常的更新我倒不介意,跟个人相关太紧密的信息,我一般都会选择屏蔽这个标签组。我上下滑动了下标签组的成员,把陆鸣从里面删除了。我潜意识里,不想这个标签落在他的身上。

接受了好友没多久,就收到了几个人的问好。我之前没有接触过这样类似网友的相处模式,几个来回发现,有着屏幕的遮掩和匿名,网络里的世界比面对面还要单刀直入、高效直接些。

最主要的,还是节约成本。

只要双方实诚点,聊几句就可以要求发照片,身高、年纪、工作、家庭这些信息,几组简单的对话就能收集齐全。这么看,的确是比约个双方有空的时间,选个合适的场合,双方迂回寒暄再试探猜测这样的传统相亲要方便些。

这夜聊得挺晚,越到夜深,话题和尺度越开,从个人简介到日常生活逐渐聊到了情感两性。聊天里搅拌着调情的玩笑和含蓄的暗示,有那么几分速食男女的味道。

我不太喜欢这样的模式和接触,但是我不得不承认,我其实也并不排斥。反而在一种难言的无聊寂寞中生出几分兴奋感与猎奇心，一些深浅适宜的来回勾搭，倒也是信手拈来、毫不推诿。

凌晨的时候娇娇给我发信息，说在值夜班，问我在干吗。

我回答说网上撩汉。

过了几分钟，收到娇娇的信息："撩汉可以，撩撩就行。可不要重蹈我的覆辙。"

娇娇说的是她的某任前任，他们就是微信摇一摇认识的。这也算是一段轰轰烈烈可以写进小说的故事。

那个时候我们刚毕业，在与谁合租的问题上，我重色轻友地选择了林涛，于是娇娇一个人住在医院的宿舍里。夜里难眠的时候就用微信摇一摇解闷，结果认识了一个特别聊得来的男人。

她叫他十一点，因为他从来十一点以后才会找她聊天。

他们在网上聊得火热，很快就约出来见面了。见面也很顺利，两人一见如故，简直是天雷勾地火火星撞地球，一个礼拜之后，娇娇就从宿舍搬到了那人的家里，据说是可以观赏黄浦江景的高层豪宅。

我起初担心过他们这样星火燎原的恋情，但娇娇只要一谈到这位男朋友，就是一顿猛夸，夸他长得英俊帅气、幽默风趣、浪漫多情、出手阔绰，而且活好。

这之后的半年里，除了朋友圈动态里看到她晒晚宴聚餐晒游艇出海我再也没有见过她。直到有天，她一通电话打来，喊我一起去捉奸。

娇娇说翻到了十一点和小三勾搭的聊天记录，言语暧昧露骨到令人发指。小三说要来上海看他，这个时候十一点恰巧与她说他要出差几天。娇娇怒火中烧，但到底忍着没有发作。

打电话给我的时候已经是顺藤摸瓜查到了他和小三的酒店房间号，要一并捉奸在床。我并没有存着声讨奸夫淫妇帮她痛打小三的心，只是担心她的火爆脾气到时候会做出什么不理智的事情，一路牢牢看着她。

当十一点以为是房间订餐裹着浴巾就打开了房门时，看见了冷脸的娇娇和紧紧挽着她胳膊的我。他错愣住没有动弹，任娇娇箭步闯进，一把掀开了床上的被子。

床上果然躺着浑身赤裸的小三。

接着我们两个都愣住了。

小三捂着脸哭腔朝他喊着："老公！她掀我被子！"

娇娇回身对着十一点的俊脸就是一记左勾拳："你个王八蛋，背着我搞小三就算了，这他妈是个男人！"

当天娇娇就从十一点家搬了出来，我遣走了林涛带她回了我那二十八平米的小屋，陪她喝了一夜的酒，听她哭着骂了一夜这个双性恋的骗子。

之后娇娇关闭了微信的摇一摇功能和附近的人功能，她说网恋不靠谱，是人是鬼看不出。

在某个聊了一个多小时的男人向我提出过几天出来见面的邀请后，我想了想，彻底沉默了。

6.

早晨下着小雨，我收到了顾松竹的短信。

他叮嘱了一些关于姑姑的日常护理和复健的注意事项，几分钟后又发来一则："我已经登机，一会儿关机。你一切小心，注意身体。回来见。"

可惜我看到的时候已经是半小时后，估计他已经关机了。

我回了条："好。"

但不知道他是否能看到。

7.

娇娇对于顾松竹的"掉链子"显得有些愤恨。她的意思里，是将顾松竹作为"种子选手"推荐给我的，没想到还没发芽，种子已经自己打包走人了。而我却因此显得轻松了许多，想必顾松竹也是。我让娇娇少掺和我的事儿，省得朋友之间变得尴尬，她却嗔怪着我："朋友介绍知根知底，总比相亲那些根本不认识的人强得多吧。这个我能放放心心拿我们的友谊跟你担保绝对靠谱。"这说辞，和姑姑简直一模一样，姑姑没少拿我们的血缘关系保证。

日子过得很快，四月的尾巴，下了一场雨。

下班的路上我躲在花店房檐下避雨，玻璃窗里那些缤纷多彩的花在暖色的灯光下绽放着。我忍不住走进去，角落里那一株株小朵却娇艳的蔷薇花像宿命一样落在眼底。花店老板娘说，蔷薇花寓意着爱情。

我脑海里，只有那句：四月，遍地蔷薇。

这个雨夜，一株粉红色的蔷薇安静地睡在我的窗口，它透过疏离的雨线，看着这片隔壁也能望见的夜色。

五月，我们对面坐着

01 JANUARY
S	M	T	W	T	F	S
		1	2	3	4	5
6	7	8	9	10	11	12
13	14	15	16	17	18	19
20	21	22	23	24	25	26
27	28	29	30	31		

02 FEBRUARY
S	M	T	W	T	F	S
					1	2
3	4	5	6	7	8	9
10	11	12	13	14	15	16
17	18	19	20	21	22	23
24	25	26	27	28		

03 MARCH
S	M	T	W	T	F	S
					1	2
3	4	5	6	7	8	9
10	11	12	13	14	15	16
17	18	19	20	21	22	23
24	25	26	27	28	29	30
31						

04 APRIL
S	M	T	W	T	F	S
	1	2	3	4	5	6
7	8	9	10	11	12	13
14	15	16	17	18	19	20
21	22	23	24	25	26	27
28	29	30				

05 MAY
S	M	T	W	T	F	S
			1	2	3	4
5	6	7	8	9	10	11
12	13	14	15	16	17	18
19	20	21	22	23	24	25
26	27	28	29	30	31	

06 JUNE
S	M	T	W	T	F	S
						1
2	3	4	5	6	7	8
9	10	11	12	13	14	15
16	17	18	19	20	21	22
23	24	25	26	27	28	29
30						

07 JULY
S	M	T	W	T	F	S
	1	2	3	4	5	6
7	8	9	10	11	12	13
14	15	16	17	18	19	20
21	22	23	24	25	26	27
28	29	30	31			

08 AUGUST
S	M	T	W	T	F	S
				1	2	3
4	5	6	7	8	9	10
11	12	13	14	15	16	17
18	19	20	21	22	23	24
25	26	27	28	29	30	31

09 SEPTEMBER
S	M	T	W	T	F	S
1						
2	3	4	5	6	7	8
9	10	11	12	13	14	15
16	17	18	19	20	21	22
23	24	25	26	27	28	29
30						

10 OCTOBER
S	M	T	W	T	F	S
		1	2	3	4	5
6	7	8	9	10	11	12
13	14	15	16	17	18	19
20	21	22	23	24	25	26
27	28	29	30	31		

11 NOVEMBER
S	M	T	W	T	F	S
					1	2
3	4	5	6	7	8	9
10	11	12	13	14	15	16
17	18	19	20	21	22	23
24	25	26	27	28	29	30

12 DECEMBER
S	M	T	W	T	F	S
1						
2	3	4	5	6	7	8
9	10	11	12	13	14	15
16	17	18	19	20	21	22
23	24	25	26	27	28	29
30	31					

1.

我常去林善池推荐给我的这家书店。

天气好的时候就在木廊上坐着，点些茶水，看一下午的书。或者在落地窗边坐着，室内仿古的博山香炉里燃着熏香，香气浅淡而甜馨。我问过店员这是什么香，他们说是古法调制的苏合香。虽然听不太懂，但是好像很厉害的样子。

我读完了上次借的书，林白的散文合集我却没舍得还。压在手边又借了两本时下的热门译本小说坐在大堂里看。

店里很安静，耳边偶尔掠过起身落座的衣服摩擦声和轻轻浅浅的书页翻合声。时间静止在眼前，人与事都远去，只有犹带墨香的字句编织的时空。

我看完一本书，抬眼望向窗外，街巷的灯火已经如豆亮起。

我打算再读会儿林白的散文集就走，翻到最后一页的借阅卡，忍不住再去看了遍。那字写得真好看，墨水的颜色也好看，嗯，那个人长得也挺好看的。这边少女怀春地想入非非着，余光瞥见对面坐着人，有点好笑自己难得看书这样专注竟然浑然不知。

目光送过去，却见那垂首读书的模样却是相识。

他坐在我的对面安静地看着书，灯光下手指白皙而修长。

我眨着眼睛盯着他，意识上有些恍惚和错位，只觉心念如此强大，已经具有召唤功能了？

他似有所感地抬头看向我，四目相对时他颔首浅笑，算作问好。

我点头应着，下意识用手挡住了他的名字，像是怕漏了什么天机。而后他继续垂头安静地看书，我又盯了他一会儿，觉得自己有些失礼，这才拢了拢心神重新翻开林白的文集。

一月你还没有出现，二月你睡在隔壁，三月下起了大雨，四月里遍地蔷薇，五月我们对面坐着，犹如梦中……

我偷偷瞅了眼坐在对面的陆鸣，就像诗里写的那样，犹如梦中。

这句话在心里绕着，胸口涨满了说不出的感觉。像是一场秋山夜雨，卷帘挑灯看到池塘满溢，很淡的欣喜，很浓的安宁。

这样的情景，追忆到上一次还是学生时代，安静的图书馆自习室里，偶然间或者刻意地坐在了少年的对面，呼吸都不敢深沉，翻页闲余偷眼去看，眉眼温柔的少年朝我浅笑，世界变成了粉红色，和我脸上的红晕一样。

这之后我没心思再看书了，匆匆翻过整本，余光注意着陆鸣的去留。快到九点我起身还书，回来的时候陆鸣的座位已经空了。

说不失落是假的，但毕竟没有什么不高兴的合理理由。我拿了包出门，已是夜色深沉，书店长廊下垂挂着几盆金边吊兰，这个时候已经开出了浅色的花。

我的心口蓦地突突跳起来。

陆鸣就在门口街灯下立着，指间几缕烟雾在暖色灯光下升腾。他熄灭了烟，侧头看着我扬起了唇角："一起回去吧？"

嗯？

我以为听错，站在原处怔愣不敢前。他指了指街口："车停在那儿，走吧。"

"快点上车，末班车咯。"林涛跨着脚踏车，在教学楼门口冲我招手。

夜风很凉快，吹起他微微敞开的白衬衫。我脚步也很轻快，坐上车抱住了他的腰。

"哎哟你又沉了。"林涛弯着背踩着踏板，回头敲我的脑袋。

"你车胎快没气了吧。"我心虚地狡辩。

"人力车就是可怜。"我们的脚踏车在校园里穿行，"毕业了争取换四个轮子的。"

"那你还载我吗？"我仰着头问。

"不载你载谁啊，每天接你下班一起回家。"林涛这么说着，我抬头看夜空里的星星，一颗一颗又大又亮。

一道蓝色的弧线顺着夜幕滑落，我指着大叫："快看，流星！"

林涛抬头看："哪儿呢，哪儿呢？"

然而已经无影无踪了。

他问我许愿了吗？

我连忙笑着点头，他说："你许了就好。我许的也是你愿望成真。"

我紧紧抱着他，那夜的星空，很多年我都再没见过。

2.

今天晚上也没有星星，城市太亮，抬头什么也看不到。

陆鸣安静地开车，我开口问道："你常去那里看书吗？"

"偶尔，每个月顺路去一两次。"车行驶进了隧道，橙色的灯光一格格落在他身上，"没想到你也在。"

我笑着，想着那张借阅卡上我们挨着的名字，心里像藏着什么不得了的秘密，有点小得意。

"你姑姑最近还好吗？"陆鸣问。

"月底就能出院了。"我说。

"出院的时候跟我说声，我可以过来接你们。"陆鸣这么说。

按着我一向的性子，说好听点叫不喜欢麻烦别人，说实诚点就是傲娇的性子，常理来说我一定会客气地拒绝的。但是下一瞬我开口应声："好。"

我犹豫了一会儿，侧头问他："你是不是读过林白的一首诗，叫《过程》？"

"读过。"车子驶出隧道，他打开了天窗，夜风往车里灌着。他的声音变得模糊且遥远，"但是印象已经不深刻了。"

我本想再问关于那条朋友圈的故事,但又觉得我们的熟络还不至于到这样的问题自然随意而出的时候。

"你累吗?"陆鸣冲我挑眉,"附近有家不错的bar,去喝一杯?"

我余光看了眼手表,现在是夜里十点。

"好。"说完我有点鄙夷自己,这晚上光说"好"了。

陆鸣说的酒吧离我们小区只有两个街口,铁架的霓虹灯闪着八九十年代的既视感。店门很小,他领我穿过狭长的甬道,像是小时候弄堂的间隙,斑驳墙面上挂着些画风嘈杂的海报。

沿着逼仄的楼梯上了二楼,空间也不大,沿窗的几张桌椅和吧台一排的高脚凳,目测只有二十席。吧台后正在调酒的男人见了陆鸣,很熟络地打招呼:"陆先生,好久不见。"

男人见了我,一面冲我点头一面揶揄着:"第一次见你,比陆先生上次带的姑娘好看多了。"

陆鸣无奈地摇头,话语里几分插科打诨:"杜老板,开玩笑可是要酒水打折的。"

"一句话。"杜老板笑着,"你们先坐。"

我们在靠窗位置坐下,窗外就是闪烁的粉色霓虹,这才看清写的是什么。

Utopia。乌托邦,即为理想的美好世界。早些年很流行把这样的空想社会主义说法通俗到年轻人的精神追求上。不过没想到,陆鸣也喜欢。

杜老板从吧台绕出来亲自点单,陆鸣点了杯长岛冰茶,然后问我喝点什么饮料果汁就行。

我想了想，歪着脑袋浅笑："麻烦给我一杯Alexander。"

说完，杜老板打了个响指，应声走了。

陆鸣看着我，沉默了一会儿，忽地勾唇笑起来："虽然有点意外，不过还是惊喜偏多。"

粉红色的霓虹灯印着他的唇角，已经沾有了几分醉意。

酒类我平时也会喝些，三五好友闺密或者公司聚会应酬时，相比啤的、白的、红的、清酒、烧酒，鸡尾酒是首选。大学前我不会喝酒，一般都是娇娇失恋了找我出来喝酒，这么些年，酒量也这么练出来了。

我承认这次我有些装×嫌疑，点的其实是很普通常规的亚历山大，带着可可的味道，似乎挺适合女孩子，我还煞有介事地显摆了个英文名字。

陆鸣那句"饮料果汁"让我心里的小叛逆情绪有些外放，若是他不这么说，或许我会说"果汁就好"。

我们的聊天模式依旧在天气时事和民生上，谈到涉及个人的人与事，就浅尝辄止了。我忽然想起星座男曹满的那些理论，趁着明星八卦的间隙问他："你是什么星座的？"

说完我自己心里就觉得自己好笑，又担心陆鸣拿之前我看曹满的眼光看我。

"七月的最后一天，Leo。"陆鸣这么回答。

"哦。"我默默记下，也没了下文。我到底不是曹满，没法以这个话题为开端展开分析星座性格、运势、速配和宜忌。

"最近还在相亲吗？"陆鸣杯中的酒已经所剩无几。

"断断续续有几个。"我笑得有些尴尬，"都是一些奇葩事，徒增笑料。"

"不喜欢的话，就和长辈好好谈谈。"陆鸣饮尽杯中最后一点酒，又喊了杜老板要了杯马天尼。

　　"也不是不喜欢，长辈的苦心我也理解。老实说，我也是有些半推半就，可能还是没有碰到合适的人。"我如实说着心里话，相亲这件事，我不接受但是也不排斥。虽然我们都在尽量规避着我们的相识，但不得不说，眼前人也是这样结识到的。

　　这个话题依旧浅尝辄止至此，谁也没有继续说下去。杜老板端着马天尼过来，我们相对坐着默默地饮酒。

　　我舌尖一点酒气被浓郁的可可和奶油包裹着，口感温柔旖旎。喉中一线滑入腹中，温暖到胃里，像是有蝴蝶在扇动着蝶翼，翩翩欲飞。

　　这是我第一次喝到这么棒的鸡尾酒，不管是黄浦江畔的高级镀金调酒师还是隐在文艺地界的诗人型调酒师，都不曾给我这样深刻的印象。我这才明白为什么陆鸣喜欢这里，杜老板是个显山不露水的大神。

　　将近十二点，陆鸣与杜老板聊了几句准备离开。

　　杜老板冲我眨眼睛："美女常来，免费畅饮。"

　　我笑着点头，没有说话。

　　而后我们沿着街道往家走，街上没车，人也零星。我们并肩沉默走着，没人说话。就这么一路走进小区，乘上电梯。

　　陆鸣摁下九楼的按钮，然后看了眼插着兜不动弹的我，好笑地说："好奇怪，有种带你回家的感觉。"

　　话里有带着酒气的调侃，我精神上这么刻薄洁癖、开不得男女玩笑的人，只是扯了扯嘴角，心里却并没有半点不悦。

该死的小雀跃。

电梯门开，走到我的房间门口，我才笑着回应："权当你送我回家了。谢谢，今晚解锁了一个好地方。"

洗漱完我抱着枕头在窗边往外看，那家酒吧的粉色霓虹灯还在闪烁着。在暗沉的街区里，真的像一种乌托邦的存在。

陆鸣一定也能从他的窗口看到。

这夜借着一些酒精的安抚沉沉睡去，梦里一头短发的马蒂尔达双手按在肚子上，美丽青涩的脸上神情忧郁又向往地对杀手里昂说："Leon，我想我已经爱上你了。"

我笑着用画外音问她："你懂什么是爱情吗？"

她说："我的胃里暖暖的。"

"可能是酒精。"我在为她思索原因。

"不，才不是酒精呢。你最清楚了。"她看向我，笑容变得意味悠长。

3.

姑姑康复很顺利，我今天扶着她在走廊里走了七八圈。这期间她与我说了四五个单身小伙子的基本信息，让我考虑考虑安排一下空余时间。

我欲言又止几回，还是说："你安排就好。"

这场相亲的见面地点特别诡谲。

他短信写着："周一下午五点四十，地铁十三号线新天地，世博大道方向车门序号3-3处见。我会穿藏蓝色西装深红色领带，恭候。"

我下意识以为是什么接头信息，想着要不要学影视作品里面那样往哪个垃圾桶里塞钱袋。

我截屏给娇娇分析分析，五分钟后她发了段语音，先是笑了十秒钟，这才说道："五点半下班，五点四十到地铁站，看看你长什么样子，合不合眼缘，值不值得深谈。值得的话再组局就近吃个饭，不值得的话直接上车呗，不浪费一点时间。"

我深以为然，觉得娇娇的分析无懈可击。

"我建议你让他麻溜地坐地铁从哪来回哪去。这种男人，不用看就知道是那种自视过高又抠门、算计成本的渣男。"娇娇又发了条语音过来，"回一句，行，你等着吧。"

我正在打字，又收到她的语音："我现在正在邱胜屿爸妈家的卫生间，马上出去了。不说了不说了，晚聊。对了，千万别傻里傻气地去什么地铁站啊。"

"不耽误您回家时间。"我回复了他的短信，然后把这个号码删除了。

4.

取而代之的相亲，是姑姑以前同事帮忙介绍的一个同学家外甥。

我们约在了某个商场一楼的麦当劳。

来之前姑姑跟我提起过，虽然他离过一次婚，但人是忠厚老实的。我当时还有些埋怨，怎么已经开始相二婚的了。姑姑眼睛一斜，回答说："你不知道我帮你挡了多少年纪四十多五十多的。你这个年纪，转眼就要三十，已经不是挑拣别人的时候了。"

我被她呛得心塞。

下午三点我到了麦当劳，找了个位子坐下来没一会儿，就接到那人的电话，问我是不是坐在窗口，穿着条白裙子。

我应声是，然后就见一个三十岁左右年纪的男人一面挂电话一面走过来。

他高高瘦瘦，皮肤略黑，眼睛也是狭长的，他套着件墨绿色的夹克。整个人看起来有些说不出的没有精气神。

"你好，我叫吴蒙。"他很正式地伸出了手。

我礼节性地与他握手，吴蒙问："你想吃点什么吗？我去买。"

"没事,我不饿。"我笑着,请他在对面坐下。

吴蒙显得有些局促,双手在腿上摩挲,眼睛也不知道该看哪。看来没怎么相亲过,这个时候作为相亲老油条的我,油然而生出过来人的淡定和沉稳。

"我叫徐晓莉,很高兴认识你。"我自我介绍着,有种主场MC的感觉。

相亲几要素的问题在十分钟的聊天里,我们已经相互交换得差不多了。

我简要说了我的工作之后,问道:"吴先生哪里高就?"

"我原来是做程序的。"吴蒙有些不好意思地挠头,"平时一直挺忙,没什么时间。后面……家里出了些事儿,想明白了,就辞职在家附近开了间超市。"

我沉默了下,有种他自己踩到地雷的担忧。

"这个事儿,我也不想瞒你,要跟你讲清楚的。"吴蒙坐直身子神情认真地说,"我之前离过一次婚,就在去年。"

我没有应声,的确是因为不知道该如何作答。

"我前妻不工作,在家里待着。我平时工作也忙,有时候半夜才回家,对家里的照顾不够。前妻喜欢打麻将,经常去社区里打麻将,认识了不少牌搭子。去年她说离婚,然后和一个牌友搬去了其他的城市。"吴蒙扯着嘴角,佯装出一个微笑,"想想看,也是我在上段婚姻里的失职,没有好好照顾家里。所以我后面就辞职了,就在小区门口开店。"

就像姑姑说的,虽然吴蒙离过婚,但是人老实。

"这是我第一次相亲,总觉得有些紧张。也不知道该约在什么地方,怎么个打扮。如果怠慢了徐小姐,还请多多包涵。"吴蒙想了想,又说,"我女儿的幼儿园就在这附近,他们四点钟放学。我左思右想不知道有什么比较好的地方,以前接送孩子的时候路过这里几次。"

我心里惊讶,面上波澜不惊地问:"吴先生的女儿今年多大了?"

"三岁多了,上小班。"吴蒙的脸上终于挂着些自然的微笑,"她叫沐沐,很乖巧很听话。"

然后吴蒙开始说起了女儿的事情,眉眼间温柔又心疼。

我看了眼手机,已经三点三刻了。我说去趟卫生间,请吴蒙等我一下,然后我绕到了点餐台,点了份带玩具的儿童套餐。

吴蒙见我回来,有点愣愣地看着我手里的纸袋。

我浅笑着说:"也不知道给沐沐买些什么,只能就近了。吴先生快去接孩子吧。"

"谢谢。"他抿着嘴,很认真地盯着我的眼睛,"也代沐沐谢谢你。"

我们在麦当劳门口告别,他回头与我又挥手了几次,这才逐渐在人潮中消失不见。我看着吴蒙的背影,忽然很想哭。

不光为他,也为自己。

5.

可能是大姨妈的缘故,整个周末我都颓废地躺在家里,心情暴躁且忧郁。大字形地瘫在床上,看着天花板垂挂着坏了一个灯泡的星星吊灯,脑海里人生走马灯一般,从幼儿园被调皮的小男生推到了水池里开始回忆,小学抽背课文背不出来当着全班同学的面被老师责骂,直到前两天在地铁站和插队骂人的年轻男人吵了一架,很多细碎的、不悦的、窘迫的、难堪的小事忽然浮现出来,清晰如昨。

有一种病症叫作"痛苦回忆反刍症",大概就是这样。

有那么一条无形的线,连带着牵扯出平时埋在情绪深处的根本不会想起来的零星琐事,一遍遍翻来覆去地想着,嚼不烂也咽不下去,然后开始因为多年前的羞愧、委屈和难过而默默流下今时依旧滚烫的眼泪。

我仍旧能想起最后一次在机场送林涛去北京的时候的样子。

那天上海的天空乌压压的,我看着天气预报的暴雨橙色预警,心里有些抑制不住的开心。

飞机会停飞吧。停飞就好了。不停飞的话,晚点也可以。

我站在安检口停了下来,紧紧抓着林涛的手。他看着我无奈地叹气:"晓莉,我该走了。"

"你下次什么时候回来？"我泪眼婆娑，隔着水雾看他看不真切。

林涛拍着我的肩，嘴唇微张，面色有些犹豫，他沉默了几秒钟后才回答："我不知道。"

"等你下次回来，我们去坐黄浦江的游轮好不好？我还从来没去坐过。"我展眉笑着，钻进他温暖的怀抱里。

他身上沾着初冬的寒意，并没有想象中那么温暖，他领口的金属扣子冰了下我的眉。

"晓莉，好好照顾自己。"林涛在我耳边这么说。

我抱着他，终是开始不管不顾地抽泣起来。

"你早点回来。"我在他胸口抹了把眼泪，抬起头来望着他，"我等你。"

林涛的胸口濡湿了一片，他想伸手抹去我脸上的泪，又收了回去，只是说："妆都哭花了。"

他只说了这么一句。

这是我最后一次见他时他留给我的最后一句。

然后他就拖着行李离开了，我在安检口站了好久，时刻做好他回头时我狠狠挥手的准备。

但是他没有回头。

我四仰八叉地躺在床上默默擦着眼泪，好像刚从机场回来一样。然后电话响了，姑姑问我之前相亲的男生是否满意，对方挺想再见面的。电话那边似乎不止她一个人，背景音里夹杂着乡间俚语的言谈笑闹声。

忽然有一团燥火涌上心头，像是被茶余饭后拿来当谈资的材料，我很不耐烦地说我不喜欢，不要见面了。然后在姑姑那些"眼高手低"、"心气太高"、"时间不等人"如是云云的数落声里，强行挂断了电话。

或许陆鸣说得对，我应该与姑姑好好谈谈。对于相亲这件事生出的厌烦感和抵触心理，我越来越浓重。

不相亲了能怎样，不结婚了又能怎样？

我现在一个人过得也很好，爱情什么的，不相信了不指望了还不行？我现在生活里唯一烦恼的事情，就是不断地相亲这件事。这种想法在心里无限扩大，浑身每个细胞都在起义。这种激荡的情绪直接导致了我的饥饿感。

我赤脚在厨房煮泡面，闲暇时看了眼镜子里的自己，幸好是大白天，不然夜里这么惊鸿一瞥心脏是真的受不住。

头发杂乱打结，面色枯槁，黑眼圈深重。我几乎已经忘记上一次去做发质护理、上一次抹眼霜精华水是什么时候了。

我打了个蛋在泡面里，手机响了两声，打开微信看是顾松竹发来的信息。

是一张照片。巴洛克大圆顶的教堂，弧形拱门、希腊式的科林斯石柱以及门上装饰有青铜浮雕和马赛克壁画，古典富丽又气势恢宏。

然后他发过来："我现在在柏林大教堂，你在干吗？"

我看着锅里的泡面，静默了一秒钟，回复道："准备吃饭。"

"你那下午三点，午饭还是晚饭？"顾松竹很快发来了信息。

我又静默了几秒钟，如实回复道："泡面不能算正餐。你那几点？"

"上午九点。话说，你自己在家？没有出去玩？"顾松竹这么问。

我回了个时下流行的"yes"动图表情，我举着筷子准备吃我的早午晚饭。

"今天没人约你？"即使远隔六个时差，他依旧秉持着问到底的风格。

"今天是什么特殊的日子吗？"我发完这句话，打开了日历看，这才发现，今天是五月二十号。还好我今天抑郁了大半天没有刷朋友圈，不然一定会被各种秀恩爱的闪瞎我的狗眼。

我还是不小心被朋友圈里娇娇发的照片亮瞎了眼睛。

娇艳的红玫瑰占满了屏幕，娇娇穿戴着淡蓝色的护士制服，眉眼低垂，嘴角却是藏不住的笑意，她前倾着身子张开双臂尽可能地抱着花束，但是根本抱不住。她配文写着："这货捧着520朵花来急诊，差点被保安以为是卖花的小贩给撵出去。"

下面有顾松竹点的赞，我也点了一个。

这边顾松竹的信息又来了。我打开页面，是一个转账，金额是五百二十。

夭寿了。

如果有弹幕的话，一定是满屏的这三个字。

我的手难以自制地有些抖，有点紧张激动也有点惶恐不安。指间踌躇了一会儿，我没有点开，而是发了个问号回去。

对话框上"对方正在输入"了很久，他的名字和"对方正在输入"交替了好几回，我莫名有些紧张，泡面举在空中忘记往嘴里放。

终于手机又震了下，他的信息很长。

先是一串字母和数字。

然后他写道："这个是我手游的账户和密码，线上有活动，有520的大礼包。我不在国内没法用域内账号充值，麻烦你按照这个帮我充钱。"

敢情顾松竹也是人民币玩家。

我回了声"好"，然后继续吃泡面，那口泡面我吃进嘴里，已经有点凉了。

徐晓莉，你怎么还稍稍期待了一下。

6.

娇娇和邱胜屿两个人发展得极为顺利稳定,前段时间娇娇去邱胜屿家见过了他的父母。这两天趁着娇娇的双休,她带着邱胜屿去了浙江老家。

但是似乎并没有他们想象的那么顺利,听邱胜屿说,娇娇与家里大吵了一架,第二天一大早就拉着他火烧火燎地回来了。

我问他们为什么吵架。

邱胜屿反而有些委屈:"我实在听不懂温州话,神秘程度像是某种代码。"

当天夜里接到了娇娇的电话,让我陪她去相亲。

"相亲???"我不得不用三个问号来表示内心的惊讶不解。

"第一次带男朋友回家,结果我妈一点好脸色没有,当着邱胜屿的面就讲起了以前定过的娃娃亲。开什么玩笑,什么年代了,一句戏言还真的当真了!"娇娇电话那头语气接近咆哮,"还说那人正好已经回国,就在上海,让我们见个面!我说不去,我妈以死相逼!年纪大了会玩了!给我搞这么出狗血剧!"

我心想，好在邱胜屿听不懂温州话。

"我倒是要去见见，到底是个什么货。"娇娇笑起来，"我想好了，我到时候就装傻子，或者你陪着我，多说我点坏话。直接把人吓跑就好。见过面了，人家嫌弃我，我看我妈也没法再说什么。"

身穿比基尼的娇娇往我怀里塞了泳衣就把我往更衣室里推。

我黑着脸咬牙切齿地问她："你不是说是相亲，为什么来游泳馆？"

"对方约的地方。"娇娇冷哼一声，"一看就知道不是什么省油的灯，简直是心机男，level max。约在泳池，就是为了看女孩子无处遁形的身材和素颜嘛。偏偏老娘这两点根本不怕他。"

我从更衣室里出来，娇娇正趴在镜子前抹口红。丰胸细腰大长腿，没什么该遮遮掩掩的地方。像这样的姑娘，泳池就是她们的T台。

"那我不是跟着你倒霉么。"我哀怨地望着她。

她侧头目光在我身上流转一回，向我抛了个媚眼："倒什么霉啊，晓莉你且不能妄自菲薄。"

说完，她摸了把我的胸，率先出去了。会馆里的泳池人并不多，我们裹着浴袍沿着泳池的边缘走着。娇娇看到不远处躺椅上的男人，用胳膊肘暗暗地戳着我，低声说："就是那货。"

娇娇指的人刚从泳池里出来，拿浴巾擦着身上的水，猿臂蜂腰，肌肉紧致身材健美。我明白他约在泳池边，或许不全是为了看妹子的身材和素颜，或许单纯只是为了卖自己的肉。娇娇暗暗咂嘴："心机男。你说我现在是装傻子好，还是装婊子好。"

我认真想想:"他或许不介意你是个傻子。"

"有道理。"娇娇深吸口气,扬起一个极为做作夸张的笑脸走上前去。

"我是娇娇。"她拉着我在男人面前坐下,然后介绍着我,"这是我的死党徐晓莉。"

"这个就是觍着脸要见面的那个男的,李波。"娇娇这么介绍着相亲的男人。

李波并不生气,反倒擦干了手笑着与我握手:"你好,我是李波。"

细看他眉眼还算清秀,皮肤也不错,倒不至于娇娇昨夜与我描述的猥琐丑陋。

他问我们喝些什么,娇娇看了眼酒水单,眼皮一翻:"来泳池喝点漂白水就好咯。"

李波笑出声来:"怎么样,去游两圈?"

"不了,待一会儿就走,没打算在这儿湿身。"娇娇勾起温柔的唇角,温声温气说着。可是我总觉得有点一语双关的意思。

李波挑眉不语,娇娇开始发问:"李先生现在何处高就啊,薪水几何?几车几房啊?"

"毕业回国在家里的公司基层上班,五险一金,税后一年十五万。现在还是住在酒店里。房子嘛……打算成家前跟妻子商量着选地段楼盘,倒是有一辆代步车,不过平时还是喜欢坐地铁。"李波一一回答着。

昨晚娇娇跟我普及过,他们家在温州有六间厂,这个李波本身也是耶鲁大学的硕士。这也是娇娇母亲态度强硬的原因。

"我在医院急诊室工作。基本工资每月一千八,科室奖金两千到三千不等,一个白班二十块、一个夜班四十块,你自己算吧。五险一金,无公休,二十四小时on call。有辆小Mini,有套小公寓,现在跟男朋友住一起,所以房子出租了补贴零用。对了,是年租。"娇娇说完,朝李波眨了眨眼睛。

李波似乎也并没有在意娇娇话里明摆的意思,自顾自说着:"这些都听家里说过了,只觉得你工作太辛苦。如果以后想不工作了也没关系,做点自己喜欢的事情。"

"我就是喜欢救死扶伤当白衣天使行不行。"娇娇翻了白眼。

"很好啊。"李波笑着,"可以就围着你的医院买房啊,上下班过条马路,少奔波。Mini车到底还是不太方便,过几天帮你换辆R8吧,也不至于高调,至少开起来舒适方便些,也符合身份。"

"你……可真自说自话。"娇娇一时语塞,"你说你高才生,家里土豪,除了个子没那么高,长得也不算差。也是受过高等教育,受过西方思想文化熏陶的,怎么就想不开,听着什么娃娃亲呢。"

"媒妁之言,并没有什么不好。"李波耸肩,"而且见到你,感觉你也挺有意思的。"

娇娇又翻了个白眼,我真担心她白眼翻多了回不来。

"你别装了,你肯定有女朋友,不可能这条件这年纪了,还是单身啊?你……是弯的还是不举?"娇娇这么问,我坐在旁边背后冒汗。

"我很直,不管是生理现象还是心理取向。你要是不信,可以求证一下。"李波依旧笑着，一本正经地说。

太可怕了，娇娇的任何话和藏刀他都笑着接下来了。这种言语上的博弈，明显娇娇输了而且显得气急败坏非常不体面。

娇娇沉默了一会儿，气馁地垂下头说："其实我染了病，男朋友出去乱搞过。"

黑人问号脸的我和波澜不惊的李波都等着她继续演戏。

"我没敢跟任何人说，我也怕祸害别人。"娇娇说着，竟然可以眼眶发红，"总之我不想连累你，如果你父母问起，你大可如是说。"

"没想到你这么耿直善良。相比之下，是我显得龌龊小人了。"李波叹了口气，"其实……你也知道，在国外的生活很乱的。我不小心染到了。既然是这样，我们不如搭伙凑合，不要去祸害别人。"

都是演技帝，我在一旁看着，都开始有些怀疑这两个人是不是真的。

"你厉害，我服了。"娇娇站起来，拉着我要走，"我竟无言以对。"

"娇娇你带着朋友，既然来了就玩一会儿，要是不喜欢，我先走便好。"李波说着就开始整理东西准备让地儿。

"不了，我们走。你游过的水，我怕会传染。"娇娇揽着我的胳膊，头也不回地跟李波say goodbye。

这是我五月份的最后一天，我始终想不明白，我请假来陪她在泳池边相亲是为了什么。

六月，青草盛开

01 JANUARY
S	M	T	W	T	F	S
			1	2	3	4
5	6	7	8	9	10	11
12	13	14	15	16	17	18
19	20	21	22	23	24	25
26	27	28	29	30	31	

02 FEBRUARY
S	M	T	W	T	F	S
						1
2	3	4	5	6	7	8
9	10	11	12	13	14	15
16	17	18	19	20	21	22
23	24	25	26	27	28	

03 MARCH
S	M	T	W	T	F	S
						1
2	3	4	5	6	7	8
9	10	11	12	13	14	15
16	17	18	19	20	21	22
23	24	25	26	27	28	29
30	31					

04 APRIL
S	M	T	W	T	F	S
		1	2	3	4	5
6	7	8	9	10	11	12
13	14	15	16	17	18	19
20	21	22	23	24	25	26
27	28	29	30			

05 MAY
S	M	T	W	T	F	S
				1	2	3
4	5	6	7	8	9	10
11	12	13	14	15	16	17
18	19	20	21	22	23	24
25	26	27	28	29	30	31

06 JUNE
S	M	T	W	T	F	S
1	2	3	4	5	6	7
8	9	10	11	12	13	14
15	16	17	18	19	20	21
22	23	24	25	26	27	28
29	30					

07 JULY
S	M	T	W	T	F	S
		1	2	3	4	5
6	7	8	9	10	11	12
13	14	15	16	17	18	19
20	21	22	23	24	25	26
27	28	29	30	31		

08 AUGUST
S	M	T	W	T	F	S
					1	2
3	4	5	6	7	8	9
10	11	12	13	14	15	16
17	18	19	20	21	22	23
24	25	26	27	28	29	30
31						

09 SEPTEMBER
S	M	T	W	T	F	S
	1	2	3	4	5	6
7	8	9	10	11	12	13
14	15	16	17	18	19	20
21	22	23	24	25	26	27
28	29	30				

10 OCTOBER
S	M	T	W	T	F	S
			1	2	3	4
5	6	7	8	9	10	11
12	13	14	15	16	17	18
19	20	21	22	23	24	25
26	27	28	29	30	31	

11 NOVEMBER
S	M	T	W	T	F	S
						1
2	3	4	5	6	7	8
9	10	11	12	13	14	15
16	17	18	19	20	21	22
23	24	25	26	27	28	29
30						

12 DECEMBER
S	M	T	W	T	F	S
	1	2	3	4	5	6
7	8	9	10	11	12	13
14	15	16	17	18	19	20
21	22	23	24	25	26	27
28	29	30	31			

1.

姑姑今天下午出院，我提议她来我这里住方便照顾，她却嫌弃我住的地方太小、床太软。我一早去姑姑家大扫除，买了蔬果填充进她的冰箱，又买了新鲜的花束摆放好，房间看起来充满了生机。

翻整旧衣物的时候，在她的橱柜底层看到一个大铁盒。铁盒看着眼熟，我索性搬出来翻开，然后忽然想起来这是某年中秋装月饼的礼盒，实在长得漂亮，我就留着装些杂物，譬如收到的信件明信片、各种的票根收据还有手帐日记。我原以为搬家的时候弄丢了，还唏嘘扼腕了好长一段时间，没想到在姑姑这里好好收着。

我盘腿坐在沙发上翻看着，盒子里存着以前的车票飞机票和过期的会员卡，还有很厚的一沓电影票根，不少的墨迹已经淡不可读。我知道打印的墨水终有消散的一天，所以都很先知地在每张票根的背面写了遍什么时间什么地方和谁观影，并附上电影评分和简短评价。我粗略翻看，基本上都是和林涛在学校附近的万达影城。我忽然为之前的自作聪明而感到气恼和羞耻。

这种感觉，就像是身上文着前任的名字，恨不得泼硫酸洗掉一样。

然后我刻意规避着手帐日记这些东西，因为我知道里面都是关于谁的。

盒子底还有一张CD，面上记号笔写着：《致我们终将逝去的青春》6月9日。我想起来是毕业的时候朋友们人手一份的影像集，娇娇对这个名字很喜欢，这是她喜欢的小说的名字。

我没有读过这个故事，但是娇娇每每流泪的时候，我就知道这应该是个悲伤的故事。毕业之后的有一年，有部电影上映，片尾曲响起来的时候我抹着眼泪望了眼已然在旁酣睡的林涛，忽然很庆幸我的青春里总有些东西没有逝去。

但谁知道，终究是一语成谶。

我犹豫了一会儿，把它推进了电脑光驱里。

两个文件夹，一个写着毕业照片，一个写着毕业视频。相册里都是些穿着毕业服的合影，那个时候我还没有接触美妆这回事情，还不知道原来上新的美妆套装会让我吃很长一段时间的土。照片里的我一个马尾辫素面朝天，但到底还是胶原蛋白饱满的年轻脸庞，五官虽不精致美艳，却也是干净清爽的。

学校的图书馆，学校的操场，学校的食堂，都成了毕业照的背景。时下流行的毕业照样式，我们全来个遍，甚至我还在某张照片的角落里看到了前段时间碰见的张聪。我看着忍不住笑出声，直到看到了我和林涛在学校大门口的合影。他揽着我的肩膀笑得温柔，我温顺地靠着他的肩，娇娇在一旁故作嫌弃状。

时间记着是6月5日。

视频文件夹里是学校大礼堂的毕业晚会。

我记得这场晚会，林涛和娇娇是这场的主持人。其实他们经常搭档主持各种晚会，俊男靓女的组合不乏人气。我坐在台下看着聚光灯下的西装笔挺的林涛和裙摆闪着星光的娇娇，他们在舞台中央互相调侃打趣，引得台下一阵阵哄笑叫好。我跟着笑，心想着我大学时光最重要的两个人都是这样的出色。

那夜晚会即将尾声，林涛一个人走上来，他咳嗽了几声，拿着麦克风说着毕业前他还有一件事要做。

我若有所感地抬头望向他，四目相对的时候聚光灯罩住了我，白色强光短促地晃了我的眼睛。他说着什么，我一句话都没有听进去，周遭的欢呼声笑闹声推搡着我蒙呆地上了台。娇娇捧着一大束玫瑰从后台款款走出来，林涛从她手里接过花束望着局促不安的我，笑着将花塞进了我的怀里。接着他单膝跪在了我面前，我依旧没有听清楚他张合的嘴唇在说什么，我只看见他眼睛里印着我的呆呆傻傻的模样。全场沸腾起来，他起身与我拥吻，耳边是要掀翻礼堂屋顶的起哄声。

整个世界里只有他。

这个剧情太过偶像剧，我从来不曾想过会经历这样的场景。

事后我问林涛那时候到底跟我说了什么，他却回答只说一次。

视频里的视角是娇娇的，她在后台的暗处拍着花，然后很怨气地说了句："不是我的，我只是个花童。"

镜头调转到台前，我被推搡着上了台，她把手里的花递给了林涛，林涛单膝下跪。我穿着一条坐出皱褶的蓝色长裙，头发在强光下散乱着，满脸的蒙×。

镜头里只有林涛的背影，聚光灯照着他挺拔的背脊。他的声音从麦克风里传出来,娇娇兴奋地尖叫,全场都在欢呼,鼎沸的人声中镜头里的徐晓莉和林涛紧紧拥抱在一起。

"徐晓莉,嫁给我。"

那年的林涛在毕业晚会这么说。

然而我现在才听到。

2.

视频已经结束了,我坐在电脑前失神了很久。

这时候陆鸣的电话响起来,说就在附近,准备载我去医院接姑姑。姑姑看到我们两个一起来,眉开眼笑地收拾东西。她一面拉着陆鸣问他母亲的情况,一面问着我们见面相处是否顺利。

陆鸣帮忙往后备厢搬行李的时候,我有些尴尬地暗暗戳着姑姑,小声说:"陆先生只是受他母亲的意思来帮忙的。你别多问,多不好意思。"

"还陆先生陆先生地喊着呢,那看来你们俩是没啥意思。"姑姑叹气地摇头,坐进了车子里。

路上姑姑与陆鸣聊着天,陆鸣虽话不多,态度言语却格外讨长辈的欢喜,姑姑一路欢声笑语,气氛出乎意料地融洽。她甚至请陆鸣到家里来吃饭,又强调着:"我们家晓莉做饭不错的,可以来尝尝她的手艺。"说着她笑里藏刀地望向我,"晓莉你说是不是?"

我扯着笑脸应声,已经到了姑姑家。

我和陆鸣一起把行李都搬进家门简单规整了下,他顺势与我们告别。这时候姑姑在门口推搡了我一下，笑着说："晓莉你也回去吧，难得有时间年轻人一起顺路玩玩也挺好。"

"哎？"我心里咕哝着你这个老太太怎么想一出是一出，"我还是帮你收拾收拾东西做做饭吧。"

"不用不用，吴阿姨一会儿就来了。"姑姑态度很坚决地点头，"你们回去吧，辛苦了。"

吴阿姨和姑姑是广场舞的绝代双娇，姑姑住院的时候，吴阿姨也经常前来探望聊天。我一直很庆幸，还好吴阿姨家是个女儿。

我和陆鸣重新坐回车子里，气氛有点寡淡。

姑姑的心思陆鸣一定了解，我照例歉然地解释："不好意思啊，我姑姑你懂的。"

"这样的长辈其实挺可爱的。"陆鸣发动了车，笑着看向我，"想去哪里转转？"

"嗯？"我眨眼睛看着他，内心有些小雀跃，又故作冷静地问，"直接回去也行呀，今天已经麻烦你了一回。"

"既然出来了，就找地方转转吧。时间还早，不着急回去。"陆鸣如是说，向我淡淡一笑。

Yes！

我想了一会儿，偏头笑着看他："我带你去我母校转转吧？正好毕业季，重新走一走青春也不错。对了，还有个非常好吃的烧烤店，我请你。"

陆鸣很爽快地点头。

路上我才意识到，今天也是6月5日。不知道是潜意识还是冥冥之中的安排，我重新回到了毕业已久的学校，更意外的是，身边的人是陆鸣。

将近傍晚的时候，我与陆鸣站在了校门口。

我踟蹰了一会儿，忽然有些近乡情怯的意思。我很久没有来这里了，毕业头两年教师节和校庆的时候还回来过，老师同学笑着打趣我和林涛什么时候办酒席。林涛去北京后我和娇娇一起回来过一次，去年校庆娇娇问我是否一起去看老师，我蓦地生出难以名状的羞耻心来，连提都不愿提起。

今天大概是那张碟片的催使，让我想到了这里。

陆鸣回头看着我，挑眉问道："徐导游，不帮我介绍介绍吗？"

我快步跟上陆鸣的节奏，带着他在偌大的校园里转悠。我们从图书馆走到教学楼，从食堂走到寝室楼，又从体育馆走到小剧场。都是我曾熟悉到不能再熟悉的地方，也在无数个梦境里出现过。我笑着和陆鸣说起学生时代的事情，不少笑闹或是奇葩的事情，规避开和林涛相关的故事，我的叙述显得零碎而有些生硬。

路上迎面经过的都是青春洋溢的青涩面庞，带着一种未经俗世的天然气息。许多穿着毕业服戴着学士帽在拍照的学生，笑闹声中仿佛我们那年。我心里唏嘘，当时只道是寻常，哪知道那曾是最美好的年华。

陆鸣一路都在默默听着我说，大多时候在我的故事中合宜地发笑，时常应声，偶尔发问。

校园里走过一圈，天色已经暗下来。我领着陆鸣到学校小门附近的小吃街，有一家我上学时几乎每天都会光顾的烧烤店，它见证了我大学四年里多长的那十五斤肉。老板是个四十多岁喜欢穿着灰蓝色格子衫的大叔,他见到我,仍旧能很亲切地打招呼:"哎哟,晓莉,好久不见。"

为此我在陆鸣面前有些小自得:"我以前常来。"

老板拿着菜单过来,把夹在耳后的铅笔递给了我,笑道:"我远远看见一个美女,就觉得有些眼熟。"

我讪笑着寒暄:"老板好久不见,生意依旧这么好。今年还去马尔代夫度假吗?"

"我今年打算去东欧。"老板打量了下坐在我对面的陆鸣,笑容里有些了然,"你带你男朋友回学校参观啊,挺好的。"

我尴尬地笑着,那句"你误会了"藏在喉咙里,我低头勾选着菜单,翻页间偷瞄了眼神色如常的陆鸣,内心微妙又带着点小确幸,就像是那夜他坐在我对面安静地读着书一样。

我忽然意识到自己那点小心思:我只是想试着与陆鸣成双出现而已。或许在外人眼里,我们像是情侣。

这个时候烧烤店里人满为患,都是在校的学生,两人依偎着约会的也好,聚餐拼酒的也好,声音嘈杂,我有点心虚陆鸣是否会不喜欢。却听他夸赞味道不错,心里才生出踏实。

我要了两杯扎啤,老板又送了我一盘烤茄子。我与陆鸣一面聊天一面碰杯,气氛很好,话题也逐渐扩展。

他说起了他在国外念书的事情,和我预料的一样,他就是那种每门课程都是A+的学霸人物。陆鸣说那时课业繁重,交际的圈子很小很现实,需要顾忌权衡的事情太多,有些遗憾没有享受过这样纯粹美好又无忧无虑的大学时光。

这是我第一次听他主动谈起自己的事情,只觉得今天来对了。

这真是值得纪念的一个里程碑。

　　聊得兴起，陆鸣又叫了两轮扎啤，我又叫了二十串羊肉和一盘烤茄子。来往的对话间，带着些活泼的酒精渲染，变得热闹而亲切。我知道了原来陆鸣养过一只叫"布丁"的拉布拉多，我知道了他喜欢蓝色，我知道了他不太喜欢吃香菇，我知道了他曾经攀爬过珠峰。我其实挺想问问看他是否有什么难忘的恋情或者是那幅关于外滩的画，这个想法在舌尖滚过还是跟着啤酒吞进了肚里。

　　此刻已经有些微醺，我与陆鸣碰杯，干尽了最后半杯酒。

　　我倒杯在脑袋上表示酒喝尽，然后意识到这个动作挺江湖气息的。脸上尴尬的表情还没来得及收，他跟我做了相同的动作，谁知道杯底还有些泡沫，就这么落在了他的头发上。

　　我赶忙递过纸巾，然后相视大笑，这大概是我们相识以来，最畅怀的一次见面。

　　陆鸣拿起我的手机，镜头对向我说："光线很好，你再做次刚才那个动作。"

　　我依言举杯，眨眼笑起来。

　　陆鸣把手机递还给我，让我检视。

　　烧烤店里暖黄色的灯光果然很好，像一层天然的滤镜，有磨皮美颜的功效。我反举着酒杯，眯眼咧嘴笑着，额前散落的碎发和脸上浅淡的红晕，竟然很漂亮。

　　我刚想夸他拍得好，电光火石间看到照片里身后来往人群中有个难以忽视的身影，大约是在移动，灯光探不到的沉沉夜色里只是一抹糊掉的影子，但是却很熟悉。

　　我想大概是眼花了。

与老板结账告别后,我们并肩走出烧烤店,暖黄色灯下他的脸上也泛着些红晕,恍然间有种青春的味道。我很好奇,在徐晓莉十九岁的时候,平行世界里的陆鸣是怎样的。

我正想开口问他,狭小的通道迎面走来一人,我余光一瞥,整个人条件反射地僵直住了。

夜里平地卷起的风打在脸上,酒醒了一大半。

3.

行驶到江滨已是夜里十点，陆鸣坐在副驾驶与代驾小哥闲散地聊着天。

我坐在后座沉默地望着车窗外寂静无声的江面，心有余悸，浑身发冷。

或许是执念太深，抑或是时空出现了错乱，在大学时常光顾的烧烤店门口，我遇见了林涛。这个照面，像是晴天霹雳一样打得我三魂七魄都去了一魂两魄。

"林涛？你看错了吧？"娇娇的信息里带着惊疑。

怎么会错呢，那张脸我望了八个年头，也在无数美梦和噩梦里交替出现。四目相对的时候他眼睛里是见了鬼的我。他似乎也没有预料到会遇见我，两人皆是愣着站定，在那短短几秒钟里，时空变得扭曲，周围的人与事都被抽离，只有狭路相逢的林涛和五感俱封的我。

他仍旧是年轻的模样，简单的白色衬衫，眉眼清俊神情忧悒，他与周围的人事是那样融洽地相融在一起，就像只是下课来吃夜宵。这个错觉让我恍然以为我只是喝醉了，他来接我回寝室。我只是做了个孤独忧伤的梦，梦里我自己一个人度过了好多的年辰。

陆鸣见我神色不对，侧头问我："怎么了？"

我这才如梦初醒接收到四下里嘈杂混乱的信息，我脑子里轰鸣着叫嚣着，叫我"快走快走！赶紧跑！"，又叫我"别走别走！先抽他一个嘴巴子"。

林涛迈开步子走过来的时候，我条件反射般亲昵地揽住了陆鸣的胳膊，目不斜视地非常生硬又明显地强行找话题闲聊，自此再不敢扭头。所幸这件事情陆鸣并没有多问，我也没有脸提我的心机利用，我们就这么沉默如常地离开了。

"只是个照面，什么都没说。"我这么回复娇娇。

"能说什么，不打他是便宜他。还好不是我碰见他，不然他可以跟我一起来急诊。我上班他就医。"娇娇又补发了一个翻白眼的表情。

我沉默地笑，娇娇发来一首歌，写道："推荐给你听，少胡思乱想。"

我戴上耳机，是梦飞船的《不值得》。

  这感情不值得我犹豫

  不值得我考虑

  不值得我爱过你

  这种回忆不值得我提起

  不值得想起

  不值得哭泣

  这段感情早就应该放弃

  早就不该让我浪费时间找奇迹……

我听了一会儿，只觉得更加伤感。车在楼下停好，陆鸣与代驾小哥道了谢，回头看我，眼睛里转瞬即逝几分惊讶，而后说："要不去上次去的酒吧？"

今天的陆鸣特别地主动，可我这会儿着实没有心情，摇头说："都早些回家休息吧，今天麻烦你了。"

陆鸣应好，我在910门口与他挥手告别。

洗漱的时候我才明白陆鸣那几分惊讶是为什么，我的眼妆已经哭花了，脸颊上两道由泪痕闯开的黑线特别哥特风。

那首《不值得》我单曲循环了十几遍，还是一点睡意都没有，我仔细看着陆鸣帮我拍的照片，再三辨认几回，背景里那个模糊的人影一定就是林涛。这个巧合就像是冥冥之中的安排一样，让人哭笑不得。

那影子像是一条细绳，将所有细碎凌乱的往事和无关痛痒的情绪都牵扯出来，走马灯了一遍，结果只是眼睛红肿得睁不开。我把这张照片发在了朋友圈里，写道：六月，青草盛开。

过了一会儿收到了陆鸣发来的信息。

"早点睡。"只有这么三个字。我知道他想说的应该不止这些，但只能说这么多。

但我想大概这夜必定无眠。

4.

夜里无法避免地梦见了林涛。

梦里我们挤在那间二十八平米的小房子里，我发着烧窝在床上看着美剧，他系着我粉红色的围裙在厨房煮东西，很香的气味溢散出来，我着急地催促着他。然后他端着碗筷在我身边坐下来，我看了眼碗里的东西，只是泡面而已，却有些中华小当家的画风，无论是面条还是火腿抑或是荷包蛋都闪着光芒。窗外下着雨，淅淅沥沥打在窗户上，他用被子将我包紧，看着我狼吞虎咽地吃完。他接过碗开始喝汤，我连忙拦住，感冒会传染的。

他笑着凑上来，咬住我的嘴唇，语气黏糊地回答，就传染给我吧。

我从睡梦里惊醒，风从半敞的窗户漏进来，撩动着碎花的窗帘。我望向窗外，夜的深处，是密密的灯盏。

然后我再不敢睡着，林涛就住在我的梦魇深处，在每个深夜等着我，但他回不来了。

我曾一直跟自己说，我再也遇不到像林涛那样的男生，再不会有人与我用牙缝里攒的钱全国旅行，再不会有人与我挤在蜗居里欢笑，再不会有人陪伴我走过下一个八年。

但其实我又那么冷眼地明白，回不来的不是林涛，而是我的十九岁。

第二天肿着眼睛去上班，被同事们逐一关怀问候了遍。见我支吾说不出个事端来，大多拍着我的肩膀安慰着："相亲失败是正常的，没事儿别往心里去。"

对于这种思维定式，我的反驳已经显得有心无力了。

中午吃完饭我赶着月底的文案，手机在桌上振动着，我瞄了眼来电，登时怔愣。

L先生。

我下意识偏离了身体，傻愣愣地看着来电显示那个"L先生"在眼前放大，占满了我不知所想的意识。

"晓莉，你电话响了。"邻座的同事小默提醒着我。

我仓皇间挂了电话。

几分钟后，电话又响起来了，我背脊发硬，如临大敌地看了眼，是个被几千人标记为"诈骗"的号码。我这才松了口气。

我的提防心吊了一整天，一下班就把手机调成了飞行模式以阻绝任何的短信电话。晚上从姑姑家回来，我才回过神愤愤不平地想，为什么我这么心虚，倒像是我做错了什么。

恢复了手机的通信，除了一些广告和各种让我把钱打到如下账户的诈骗短信，并没有其他。微信里除了订阅号每日推送的鸡汤文和公司群里发的外卖红包，也再无可看的。

我正暗叹我的生活如此地透明与枯燥，来了一条娇娇的信息。

她约我明晚一起喝咖啡，说有事情说。

隔天我加班，临时给娇娇发信息，说有点走不开，可以改天再约。

很快她就回复说:"没事,多晚都等你。"

要是平常,她一定骂骂咧咧地说:"难得休息,你还放鸽子。"然后风风火火地自己玩去了。今天娇娇一反常态,我有些忧心忡忡,下了班直接打车到约定的咖啡店。

娇娇一身红裙坐在咖啡店的角落里。我远远招手走过去,才发现她不是一个人,对面坐着邱胜屿。莫不成这是要宣布结婚的节奏?

我笑着放下包带着歉意说来晚了,目光掠过邱胜屿,整个人都僵住了。他不是邱胜屿,而是林涛。

他抬头看着我,喊了句:"晓莉。"

那瞬间显得特别地不真实,我浑身一个激灵,只觉得血脉逆流上涌,甚至有几秒钟的失重恍惚。

我定定望着娇娇对面的男人确认,真的是林涛,真的是他。

我从心底生出一股寒意,强烈的背叛感顺着脊椎到了头顶,不是因为林涛,而是娇娇。

"亲爱的你先别生气,我还不是怕你知道了来都不会来才一开始没跟你说清楚。"娇娇看我神情肃穆地僵立在原地,赶忙站起身拉我入座,她看了眼林涛继续说,"你有什么话,就这次跟晓莉说清楚。我只能帮你到这儿了。"

我欲言又止,看着娇娇拎起包逃难似的走掉,她之后再没有与我对视过。

娇娇,这个账我慢慢跟你算。我心里这么咬牙说着。

娇娇并没有走远,我看见她那抹火一样燃烧的裙子就在咖啡店外的廊下影影绰绰着,她飞速地敲着手机键盘,同时我的手机响了。

"我就在外面等你,抄着家伙你说打我就上。"娇娇发来这么一条讯息。

我哭笑不得地看着娇娇的身影,目光掠过林涛的脸庞,他的眉毛边际泛着红的长口子,那形状像极了娇娇新买的包包上的金属装饰。那是娇娇的作风。

我与林涛之间沉默了两三秒,他深吸口气,准备开口。我赶紧起身准备离开。我没有办法面临这么一个局面。

我知道我并不会留下来,等着林涛有什么话与我讲清楚。事情随着时间的推移已经够清楚了。我有自尊,我知道我坐下来听他说话,只能是自取其辱。

"晓莉。"林涛又喊了一声,擦身而过时他顺势抓住了我的手腕。他的手掌隐隐用力,力道传过来却是自持的,"你听我说。"

"放手,在我喊人之前。"我感受我内心深处暴动起的火焰,那种沉寂了许多年无法喷涌的火山,忽然因为外力作用觉醒过来了。我明明很生气,明明很想把他桌上没喝完的咖啡泼到他的脸上,明明很想扇他两个耳光然后当着所有人的面大骂他为什么还有脸找我。但我知道我不能这么做,我的任何感情失控,都是在抬举他。

我挣开了他渐渐无力的手,头也不回地就往外面走。

门口娇娇为我拉开了门,她试着搂住我的胳膊,我却挣开了。说不迁怒是假的,然而现在我没闲工夫去争论指责。

我没有扭头再去看娇娇和林涛一眼,但我知道他们一定都在看着我。离开这里,我脑海中只有这个心思。我一头钻进出租车里，匆匆地关上门，我知道我的内心情绪在逐渐瓦解着，从最初的潇洒离场到现在看起来甚至有些狼狈逃跑的意味。

司机后视镜里看了我眼，问："去哪儿？"

我报了小区街道，后面转念一想，补了句："附近的乌托邦酒吧。"

然后我闭上了眼睛，暗暗懊恼着我到底还是有些失控了。

5.

我才知道酒吧老板的名字叫Tom，但是我更喜欢他的中文名，杜六一。顾名思义，儿童节那天生日。他说这样很好，不管多大年纪，都能过过儿童节。

因为我一个人来，一脸失意的模样直接坐在吧台边，这很容易成为攀谈的对象。杜六一调好了我点的马天尼，向我眨眼："美女怎么一个人？"

"怎么的，不做一个人的生意啊。"我偏头反问他。

杜六一笑着摇头："怎么可能，小店半个人的生意都做。美女你随便喝，有什么烦心事找我唠唠也没关系。"

"老板你们店开到几点？"我怀里揣着酒水单，目光扫过都想尝尝看。

"凌晨两点，十点半以后有驻唱哦。"老板看了眼我点的酒水，眉头微微拧起，"美女你要不要叫个朋友一起来，别看这盛世太平的，捡尸的倒不少。"

我笑着拒绝了杜六一的好心，心里念叨着，我看着就像是来买醉消愁的小姑娘吗？

驻唱的歌手是个年纪不超过二十岁的小伙子，唱着夜场流行的爱情歌曲，字句含糊听不太清楚。我点第四杯酒的时候，他捞起了身边的吉他，开始用维语弹唱，指尖音符零碎，音线温柔舒缓，出奇好听。屋内墙壁上霓虹灯的粉红落在小哥额前微卷的短发上，简直像是学生时代的男神。

然后我喝完杯子里最后一口酒，点了第五杯。

有人拍了拍我的手背，轻言轻语问了声："喝了多少了？"

我调转脑袋看过去，对上陆鸣有些担忧的目光。

我心里一沉，随即目光深幽地望向杜六一。杜六一耸肩说了句："我承认是我干的。捡尸还不如熟人作案。"然后就去招呼其他客人了。

我很尴尬地朝陆鸣笑笑，解释道："其实我酒量很好。"

陆鸣在我身边坐下，点了杯酒，又要了份果盘。他就沉默无声地待着，就像某次我相亲时他出现在我的尴尬窘境中。若说那次是机缘巧合正好遇见，这次或许可以理解为为我而来，虽然只是在小区对街。

"我忽然明白了我每次都相亲失败的原因。"我喝完了这杯酒，终于开腔说话。

"其实不是因为每次的相亲经历多奇葩多离谱，而是我心里过不了这一关。"我侧眼看向陆鸣，深吸一口气还是决心说出来，"我有个曾经谈了八年的前任，他带着我所有的青春畅想和未来憧憬忽然离开了。留给我的只有一团看不到出路的巨大阴影。我一直以为我走出来了，但是今天我与他碰了面，才知道我其实并没有。而且很怂的是，我连质问和拳脚相加的勇气都没有，只想逃。所以我真的跑了，跑到这里来了。"

"每次相亲，每次与异性的接触，我都会无端想起他和过去种种，无法控制无法规避。感觉他就坐在身边，跟我说，嘿，还记得以前吗？以前我们也是怎样怎样，我们也去过哪里哪里。"我试图咧嘴笑，唇角干裂牵扯着有点痛，"真是阴魂不散，这是件多么可怕的事情。"

他始终横亘在我的生活里，就像是心头一根温和的刺。

"它离开了，却活在你心里。你还没有和它真正告别。"陆鸣说着，与我碰杯。我又喊了杜六一，再调一杯酒。

"深水炸弹来不来？"我问杜六一。

"不来。"他看了眼陆鸣，又对我说，"你现在就是个深水炸弹。"

"是上次在学校里面碰到的那个人吗？"沉默了一会儿，陆鸣如是问。

我点头，有些自嘲地笑："他前两年就结婚了，就在他单方面默认与我分手没多久。可是我今天并没有看到他的结婚戒指，你说是不是个渣男。"

小哥弹唱起一首安静又慵懒的英文慢摇，隐约听个歌词，旋律却是越来越悲伤。

"我上学的时候，很喜欢这首歌。"陆鸣说。

"我第一次听。"我补了一句，"很好听。"

"这首歌叫*Quiet Inside*。刚去美国念书那年和当时的女朋友一起看的第一场电影的片尾曲。"陆鸣笑了笑，抿了口酒，"一听旋律就很喜欢，歌词也很好，后面就变成了单曲循环的曲目。"

我身子微倾，顺势笑问："第一次听你提到你的情感史。

仔细说说呗,不然我觉得我亏了。"

"一个平淡无奇的故事。"陆鸣看着我,眼波平静,"听了可能你会觉得失望。"

"那也得我先听听看。"我面对他坐着,错觉中感觉有青草的气息。

他沉默了一阵,似在酝酿,而后缓缓说道:"到美国第一年,在中国留学生聚餐上认识了一个其他专业的女孩。性格开朗大方,兴趣也相投。我们关系一直不错,互相照顾关心着,后面自然而然地就在一起了。读研的时候我留在洛杉矶,她去了波士顿。我在洛杉矶工作了两年,她跟着国际义工团体满世界跑了小两年。后来她留在了美国,而我回国了。"

陆鸣的故事就这么讲完了。

乍听起来,跟我的故事简直殊途同归。

"就分手了?"明明一个很长的故事,这么短就讲完了?

"嗯。"陆鸣的回答也很简单。

靠,不会也是跟林涛一样的渣男吧。

"谁分的手?"我追问。

"她。"陆鸣故作轻松地笑,"我被抛弃了。"

他向我举杯,我看他唇边还是依旧的笑痕,但我知道他藏在酒杯后的神情变了。到底都是伤心事。

不要跟我举杯,这种事情我不想跟你碰杯。我心里这么腹诽着。

"你是怎么放下的。"我继续问他。

陆鸣对上我的眼睛,像是思索了几秒钟,而后说:"无所谓放下与放不下。它们都是你经历过的事情,不管好与坏,都是你生命里的一部分,重要的是要向前看。"

就讨厌听这些无关痛痒的大道理。说了半天,等于没说。

"所以说,你没有放下。"我抓住了他闪烁的回答。

"往事不可追,人要向前看,晓莉。"陆鸣目光深且沉,细密地笼罩着我。

"可现在我只看到了你。"我说完,话音刚落忽觉这话说得深意又暧昧。霓虹灯的淡粉色柔软地落在他面庞上,轮廓异样地温柔。他眼波似潭,幽深而静谧,无言中仿佛洞悉了一切。我慌了心神,侧身低头饮酒。

这夜还是喝多了,临走前杜六一给了我张会员卡,说美女以后酒水一律七五折。我当场摔杯明志,说再不为了这个渣男喝一滴酒。然后杜六一板着脸收回了我的会员卡,说就此抵扣那个限量版的Spiegelau酒杯。我手脚无力,说话也有些不利索,懒得与杜六一争论他欺骗消费者这件事,我分明在酒杯底下看到了宜家的logo。

陆鸣送我到家门口,我摇摆着与他告别。

"谢谢。"我晃着身子说,"你就像巴啦啦小魔仙一样,总在我需要的时候出现。"

陆鸣的表情很微妙,然后点了点头,轻声说着:"早点休息吧。"

我醉眼惺忪地瘫在床上,很费力地滑动手指搜索着之前陆鸣谈起的那首歌。中文歌名叫"心如止水"。单曲循环了很多遍,只听懂了一句"I am quiet inside"。

心如止水,心如止水。我一遍一遍跟自己说,但只觉得悲伤如水。

很久之后，后知后觉地躲在被子里大哭了一场。

倒不是为了林涛，而是我忽然意识到，我可能真的爱上陆鸣了。

6.

隔天照例是肿着眼睛去上班的,午休时同事们这个送杯奶茶,那个送个巧克力,无言地安慰我。我翻看朋友圈发现鲜少发动态的陆鸣在昨夜凌晨写了一句话:"愿今夜的洛杉矶不下雨。"

不明就里。

我心想,他是半年一更新的节奏吗。顺势点了个赞以表支持。

七月，悲喜交加

01 JANUARY

S	M	T	W	T	F	S
		1	2	3	4	5
6	7	8	9	10	11	12
13	14	15	16	17	18	19
20	21	22	23	24	25	26
27	28	29	30	31		

02 FEBRUARY

S	M	T	W	T	F	S
					1	2
3	4	5	6	7	8	9
10	11	12	13	14	15	16
17	18	19	20	21	22	23
24	25	26	27	28		

03 MARCH

S	M	T	W	T	F	S
					1	2
3	4	5	6	7	8	9
10	11	12	13	14	15	16
17	18	19	20	21	22	23
24	25	26	27	28	29	30
31						

04 APRIL

S	M	T	W	T	F	S
	1	2	3	4	5	6
7	8	9	10	11	12	13
14	15	16	17	18	19	20
21	22	23	24	25	26	27
28	29	30				

05 MAY

S	M	T	W	T	F	S
			1	2	3	4
5	6	7	8	9	10	11
12	13	14	15	16	17	18
19	20	21	22	23	24	25
26	27	28	29	30	31	

06 JUNE

S	M	T	W	T	F	S
						1
2	3	4	5	6	7	8
9	10	11	12	13	14	15
16	17	18	19	20	21	22
23	24	25	26	27	28	29
30						

07 JULY

S	M	T	W	T	F	S
	1	2	3	4	5	6
7	8	9	10	11	12	13
14	15	16	17	18	19	20
21	22	23	24	25	26	27
28	29	30	31			

08 AUGUST

S	M	T	W	T	F	S
				1	2	3
4	5	6	7	8	9	10
11	12	13	14	15	16	17
18	19	20	21	22	23	24
25	26	27	28	29	30	31

09 SEPTEMBER

S	M	T	W	T	F	S
1						
2	3	4	5	6	7	8
9	10	11	12	13	14	15
16	17	18	19	20	21	22
23	24	25	26	27	28	29
30						

10 OCTOBER

S	M	T	W	T	F	S
	1	2	3	4	5	6
7	8	9	10	11	12	13
14	15	16	17	18	19	20
21	22	23	24	25	26	27
28	29	30	31			

11 NOVEMBER

S	M	T	W	T	F	S
				1	2	3
4	5	6	7	8	9	10
11	12	13	14	15	16	17
18	19	20	21	22	23	24
25	26	27	28	29	30	

12 DECEMBER

S	M	T	W	T	F	S
1						
2	3	4	5	6	7	8
9	10	11	12	13	14	15
16	17	18	19	20	21	22
23	24	25	26	27	28	29
30	31					

4.

娇娇说林涛这个周末就回北京了。在这之前，希望还能见我一面。

这次我心潮平静，主动打电话给了林涛。问他什么时候方便，见个面。

他很快答应，问我在什么地方。我想了想，说就在大学黑暗料理街的那家烧烤店吧。

对，就是上次我和陆鸣与他狭路相逢的那家。它承载了我大学恋爱的大部分回忆，如果我与林涛的故事拍成电影，这家烧烤店，几乎可以做情景剧的主场。我们的第一次约会、我们的第一次亲吻、我的生日、他的生日、我们的周年，以及我们毕业的散伙饭，都在这里发生。这是我们没有老坛酸菜的深夜食堂。

毕业后我一直怀念着这家烧烤店的烤茄子，然而林涛一直很忙，我们从没有一起回来光顾过。不想这么多年后，我们又回到了这里。只是心境早已大不同了，他已结婚，我也灰心。

我快速勾选着菜单，偷眼看着对面沉默不言的林涛。

"你想吃什么？"我装模作样很自然地问他。

"你点就好。"林涛应声，"我只管付钱的事。"

我笔下一顿，偷偷换气，这句话以前他常说。太多的言行举止能勾起我那无休无止的回忆了，就算他就坐在我的对面。

然后我笔下如有神，唰唰地打着钩，既然你都这么说了，不打包点回去多不好意思。

之后有很长一段时间的沉默，林涛几次微微前倾着身子张开嘴唇，我知道这是他内心戏很多有话要说的前兆。我低头默默刷着微博，时刻准备着听他说些什么，但又是很长一段时间的沉默。

老板端着烧烤过来，看到我热情地打招呼，然后他看向了林涛。有点错愕，又转过头看了看我，知趣地离开了。

"你明天回北京？"最后是我忍受不了这样诡异的沉默，首先打破了僵局。

"嗯，明早的飞机。"林涛应声，又看向我，"谢谢你能来。"

"你过得好吗？"这句话像是久违的恋人的陈腔滥调，却总归要这么念一句。

"很好啊。"我很快地回答，生怕一个犹豫就像是一个委屈。

我扯着嘴角竭尽地微笑，眼神里也尽可能地幸福美满："一切都很好。"

"娇娇说前段时间，姑姑出车祸住院了。现在还好吗？"林涛并没有动手吃烧烤的心思。

"她挺好的，你放心。"说完我觉得我僭越了，干吗要他放心呢。

我开始吃烤土豆片，老板孜然撒得太多，我被呛得咳嗽。林涛很体贴地递过了水，我摆手拒绝了。我的目光落在他骨节分明的手上，并没有戴戒指。

我内心对林涛的这个小动作产生了鄙夷和失望。我本不愿意与他提起这个非常敏感并且打脸的话题，但这时我却有种揭底的冲动，真的以为他结婚这件事情我不知道吗？

于是我开口说："难得回上海，怎么没带你老婆一起？"

他目光沉静地望着我，眼神里我的揶揄表情在这样的注视下再也没法装腔作势。我有些心虚，但很快开始懊恼。我为什么要心虚，又不是我做错了事。

"我离婚了。"林涛语气很淡，听不出情绪。

我却是一愣，心头百味杂陈，又惊讶又有点幸灾乐祸。语气里也不自禁地带着些淡淡又恶意的嘲讽："怎么了？"

"她提的离婚，我同意了。三个月前我们签好了协议。"林涛酝酿了几秒钟，继续说道，"大概一开始，我们就太急功近利了。她希望另一半能给她一个安稳的生活，而我想要个北京户口。她一直想要个孩子，但是我……没办法真心答应她。最后，我与她还是终不得所愿。"

所以说，他宏伟的自我实现的计划里，没有曾相守八年的我。而他美好的家庭憧憬里，也没有与他婚姻之约的妻子。他如今的坦诚像是无形的刺扎在我心里，难言的钝痛带着些自怜的可笑，到最后变成一种对他的愤恨和失望。然而看着他修长的无名指，还是觉得心里空了一块。我倒希望他真的能幸福，至少这样值得他选择放弃我们八年的感情。

"你有什么打算？"我低头默默把竹签上的牛肉一块一块扯下来，端端正正摆在盘子里，也不着急吃。

"好好工作，好好生活。继续朝前走。"林涛嘴角上扬，隐约还有几分年少的模样。烧烤店里人声不息，都是年轻学生三五成群的笑闹聚餐。他坐在我的对面，暖色灯光下他递来烤串，跟我说，趁热吃。

恍惚间我们刚刚从图书馆出来，他的自行车还停在门口。

陆鸣说过，往事不可追，人要向前看。

我们吃完饭，顺着宿舍楼下的小路往校门口走。路灯底有一对拥抱着的情侣亲昵着低声交谈，我们从他们旁边走过，错觉间那男生的背影像极了林涛，那女孩发上的发夹我似乎也有一个。

校门口有棵老树，我们在树下停住了脚，我感觉他似乎还有话要说。

他凝视着我，眼里似乎有水雾弥漫："对不起，晓莉。我一直不知该如何面对你。谢谢你还愿意见我。"

我苦笑着摇头，嗓子干涩，一句话也说不出来。

"晓莉。"林涛开口，眼神却有些躲闪，"其实我未必一定要回北京。"

那年的徐晓莉等到心灰都没有等到这句话。

"桂花真香。"我终于说了这么一句，却有些没头没脑的。

林涛沉默地看着我，不明所以。

"我第一次见你的时候，脑子里只有这句话。"我朝他笑了笑，"那是最好的时候，或许也是最好的我们。林涛，愿你以后一切安好，有酒有肉，有大山有大河，还有个你甘愿为她放弃所有的姑娘。"

那个姑娘不是我。

我想等的人，也不再是你。

夜风卷着些凉意，我郑重地注视着林涛那双曾让我在无数梦境里沉醉怅惘的眼睛，鼻子有些泛酸。

"林涛，后会无期。"在我们母校的门口，我与他最后一次道别。即使这个道别，晚了整整三年。

我牵着二十五岁的徐晓莉，很抱歉地对她说对不起，我没法帮你留住他，我想放他走了。

我听到她与我说了声谢谢。谢谢独自徘徊了这么久，终于肯迎来了一个新的开始。

在心里与他真正地道别，就像陆鸣说的那样。

2.

我心里有个秘密,我也是刚刚才发现。

每天下班到家楼下,我会仰头去看九层最边上面那间房的灯有没有亮着。门口邮箱取信件的时候,我会下意识把919信箱外露的信件一角好好地塞进去。

我有点期待在电梯门打开抑或是关上的时候,有没有什么惊喜的事情发生。我把那人设为了朋友圈的星标好友,从认识到现在不超过二十句的聊天记录翻看了不知道多少遍,几乎倒背如流。没事的时候,我会去隐尘书店看书,很执着于借阅记录里的借书人信息,我旁敲侧击想知道他来看书的时间习惯,店员却八颗牙地告诉我会员信息是要保密的。或者我会去杜六一的乌托邦坐一坐,试着从杜六一的言语中收获一点信息,更期待着他恰巧也来,我能微笑着说一句:"好巧。"

很无奈的是,这样制造的偶遇并没有成功过。

我已经有很久没有遇到他了,这让我有些怅然若失。更失落的是,我没有正当合理的理由去见他。总不能敲他的门说,嘿,周末小区居委会街道活动,我们要不要一起去?

我还想告诉他关于我前男友的后续,我很释然地和他告别,开始听他的向前看了。但是转念去想,变得难以启齿,我并不想和他是可以畅谈前男友的关系。

姑姑依旧操心着我的相亲，这天电话三巡里多次问我下周有没有空闲。

我打了很长时间的腹稿，拨了电话给她，大意是想说不要再给我安排相亲了，我已经有喜欢的人了。

"谁？"姑姑声音提高了八度，似乎有些紧张，更多的是埋怨，"谈恋爱了怎么不第一时间告诉姑姑。"

"嗯……这个暂时不能说，的确有喜欢的人了，但是还没到谈恋爱那一步。我再相亲，就算精神出轨了。如果成功，我肯定会告诉你。"我磕磕巴巴地说。

"哎哟我的天，我的傻姑娘，你都二十八了，你看李阿姨家女儿二十七都已经二胎了，你还在学高中生暗恋。你就说是谁，姑姑帮你把把关，帮你去看看。咱现在只能讲究快准狠。"

我额头冒出三条黑线："姑姑我都二十八了。"

"嗯？是不是那个什么顾医生？温柔细心！人又帅气能干，跟你还是校友！我很喜欢！"姑姑惊喜地叫出声。

"……不是。"我无语扶额。

"陆鸣呢？陆鸣那孩子也不错，年轻有为很有教养，我看你们也走得挺近的。"姑姑又问。

"有个电话进来了，我下次再与您聊啊。"我说完匆匆把她那句"那就是了"掐断在电流里。

这之后姑姑果然再没有像个经纪人那样给我安排着紧凑的相亲日程了，一直跟我灌输着"你是最棒的"、"谁娶了你就是谁的福气"、"加快速度一把拿下"这样传销洗脑式的鸡汤。

但是姑姑说得没错,我的确已经没有时间再去玩暗恋的小心思了。

然后我想到了一个办法。

这天是七月十五号,周五。我下班回来,楼下就看到那间房子亮着灯。白色的灯光像星火,很快燎原了我的情绪,这让我瞬间打了鸡血似的转身就往小区外面跑,我走了三个街口,冲进了一家口碑很好的蛋糕店小心翼翼拎着盒蛋糕出来。路上又不敢再跑,踱着小碎步赶回家。

上楼前又看了眼那间房的灯是否还亮着,它依旧亮着,这让我感到心定。

我很快回了910,换了件颜色更明亮些的外套,涂了显得气色好的口红,收拾妥当拎着蛋糕走向了919。

我在门口站了十秒钟,这才抬起手敲门。

过了一会儿,门应声而开。楼道里很暗,房间里很亮,陆鸣站在明暗交界处,逆光中看不清他的神情。我有些尴尬地笑笑,提起蛋糕给他看:"公司发放福利,多了好几块蛋糕,我实在吃不完,就来看看你在不在,帮忙解决一块。"

陆鸣接过来,浅笑地道了声谢。

"那……祝你周末愉快,好好休息。"我咧嘴笑起来,转身要走,心里美滋滋地想晚点有理由发信息聊聊天了。

却听房间里有人走动,接着有女人的声音传过来问:"陆鸣,什么事情啊?"

我心里暗叫一声"有紧急情报",想走又忍不住留在原地。一个穿着酒红色开衫的波浪短发中年女子慢慢走了过来,是陆鸣的母亲，我从姑姑那里看过她的照片。我长长地松了一口气，那心情就像自己一个人穿越过了一场腥风血雨的战场，然后发现炸错了碉堡。

"阿姨您好，我叫徐晓莉。"我赶紧鞠躬问好。

她有点惊讶地打量着我，又看向门口站着的陆鸣，笑起来了："这不是你徐玲阿姨家的姑娘吗，你有约了怎么不说？"

"不是不是。"我赶紧澄清，"我也住在这层，顺路来分点蛋糕。"说完感觉陆鸣用余光淡淡瞥着我，我才意识到自己是不是透露了他不愿意透露的信息。

果然，陆鸣的母亲神色了然，继而带着嗔怪地埋怨起来："你怎么从没跟我说过你们原来是邻居啊。"

"那……我先……"我知趣地准备走，打算着晚点微信上向陆鸣谢罪。太好了，又能多个话题聊了。

"晓莉啊，你周末这两天有什么安排吗？"她喊住我，眉目慈祥地笑。

我偷眼去看陆鸣，想从他寡淡的脸上找出几分暗示来，但他并没有看向我。

"我……没，没有什么安排。"我试探地回答。

她拊掌笑起来："太好了，原来不知道你们住得这么近。周末我打算去普陀敬香，你要是没事我们一起去吧？让陆鸣开车带我们去，舟山风景还是蛮好的。"

这，这是什么鬼？来得太快就像龙卷风。

我心里不假思索地就想一口应下来，但还是要造作一下："会不会给你们添麻烦……"

"当然不会。本来问你姑姑要不要一起去，她在康复中，还让我代她给你敬个香。现在看到你，真是再好不过了。"她顿了一会儿，又继续说，"阿姨有个朋友在那儿有套临海的房子，风景很好，已经说了借住一晚。上下层好几间房呢，我正愁房子空荡荡的。你姑姑总是提起你，我之前还真的没有机会好好认识认识你，咱们路上还能一起聊聊天，就当陪陪我这个老人家。"

她的说法非常完美，几乎没有破绽。我自知再推辞，就真的是我矫情了。

我笑着应下了，并问他们几点出发。

陆母说："约你约得仓促，出发倒是不着急，吃完午饭你收拾好了跟陆鸣说声就行。"

我点头说好，又偷眼瞄向陆鸣，依旧是寡淡冷漠的样子。这让我感到有些惴惴不安，或许他并不喜欢我这样的突兀参加的出行。

不过你妈亲自约的我，我看你有什么办法。

今天的行动，结果比我想象中还要梦幻一些。我回房间几个跳跃躺到了床上，抑制不住地大笑着给娇娇发信息汇报情况。

几秒钟后她的电话就打来了，一开腔就开始调侃："我靠，你可以啊，已经开始跟婆婆交际了。"

"乱说什么呢。"虽然我是这么反应的，但是只有我知道我的嘴角已经咧到了耳根。

"你在收拾行李没，我跟你说这次出门你可马虎不得，既要给陆鸣表现出你的性感、温柔、美丽，但是也要给他妈表现出你的知性、懂事、贤惠。这道题答好了，你可就能当课代表了。"娇娇说得兴奋。

我手机开了免提，打开衣柜，开始听她的搭配衣服。

"对了，内衣要带一整套的啊。不要太性感，也不要太家居，最好是蕾丝边的。"娇娇如是说。

我有点无语，多少有些羞赧："作什么妖，你想太多啦。"

"你懂什么呀，这叫有备无患。"我能感受到娇娇那边翻了个白眼，"这是一种气场，讲不清楚的。由内而外，散发出女人的精致和自信。"

我有些嫌弃娇娇的那些不纯洁的心思和套路，但最后我还是听她的话选了一套类似的内衣塞进了行李的最底层。

3.

我蜷缩在后座小睡醒来的时候，正好在跨海大桥上。天气很好，一望无际的海面波光粼粼，比想象中的还要蔚蓝些。心情也跟着豁然开朗。

陆鸣目无斜视地开着车，带着些咸腥的风穿过摇下来的窗撩动他的发。我窝在后面大大方方地用视线临摹着他安静的侧脸。想摸出手机来偷拍，但是瞅了眼后视镜里自己的花痴脸，把这个愚蠢的念头压了下去。陆母很开心地与他聊着天，他三两句地回应着，陆母时而发笑，场面讲不清地温馨。

到目的地的时候是下午四点多。陆母说的宅子很漂亮，临着海的两层的独栋，门口有一排木廊。

我下车帮陆母拿后备厢的行李，她笑着拉住我的手说："好姑娘，这些是男士该干的。"说着她顺势把我的行李也推脱给了陆鸣，然后挽着我的手率先走了进去。

她一定是个好婆婆。

我很快开始唾弃自己这么不要脸的内心独白。

房子很宽敞，开放式的厨房餐厅，浅灰色麻质的沙发，一楼有两间卧室，二楼是主卧和书房。没什么冗杂的布置，简单大方，最关键的是，那海景无敌的阳台就在落地窗后面。

陆鸣拉开窗帘，闪烁着金光的海面就这样跃进眼里。我忍不住惊叹一声，跑过去看，他帮我移开窗，我们一起在阳台上迎着海风站着。远处湛蓝的海浪里裹着一点浓艳又无瑕的碧绿，层层叠叠翻浪而来，帧帧入画。我没有看他，但内心依然很满足。

晚饭前我们把房间打扫了遍，陆母住楼上带着盥洗室的主卧，楼下的两间相对小点的卧室我与陆鸣分住。晚饭没有条件准备，陆鸣叫的外卖。米饭和几个小菜，然后陆鸣洗了一盘小番茄放到了离我最近的桌面上。我心头漏跳一拍，抬头看他，他有些刻意地别过了视线看向别处。

我与陆鸣坐在陆母的对面，一面吃着一面听她说着和姑姑出游的趣事。说到兴起时，陆母甚至拨通了姑姑的电话要她加入谈话，于是我与陆鸣其实是邻居这件事，终究还是大白于天下。

陆母又说："要是陆鸣欺负你，你就尽管找我，我帮你修理他。"

陆母这话说得有些含糊暧昧，我也不澄清，反倒是甘之若饴地默默应着，心如鼓捶偷眼瞧着陆鸣看他反应。

陆鸣依旧并没有看我，与陆母说："我保证不会让她跑到你这里来评理。"

我心口绽开了一朵玫瑰。

晚饭后陆母早早就上楼洗漱休息了，她准备明早去敬头香。

我和陆鸣推脱了一会儿谁先用楼下的那间盥洗室，我以女孩子洗澡时间很久为由说服了他。九点左右他发信息说自己已经用好了。我开门，只有走廊亮着一点灯，客厅已经沉沉夜色。

我忽然想起那次借住在陆鸣家的场景，有些相同，又本质上的不同了。

这也能引得我咧嘴发笑，真是没救了。

盥洗室的镜子上贴着便签，写着"淋浴头冷热标签反了，注意水温"。依旧是时雨色的墨水，我怕一会儿生出的水雾打湿它，先摘下来折返房间，小心放在皮夹子的隔层里。

连同着我的秘密和一点暗自揣测得出的小确幸。

这夜早早睡去，耳边海浪声温柔地唱着，一夜无梦。

一早我们赶往山门，我搀着陆母登上了最高的台阶，终于走到了大殿。陆鸣并没有拿免费提供的线香，只是主动接过了我的包，示意让我去忙我的。我回头看他，他只是神色平淡地默默跟着我们，只看不拜。

佛祖神情安谧而庄严，我双手合十长身跪在佛像前，耳边远钟梵音，鼻尖嗅着淡淡的檀香，心如止水。我知道他此刻就在我身后不远处站着，我甚至能感受到他的目光浅浅地落在了我身上。

我默念着愿全家安康，业有所成，愿有所得，爱有所依。

三叩首之后，我沉默了半秒钟，接着心大地问佛祖，我跟身后这个人，是否有缘，是否有果。

签是第十八签，上签。

签文写着："梧桐叶落秋将暮，行客归程去似云。谢得天公高着力，顺风船载宝珍归。"陆母探过头来看我的签，咦了一声，然后笑着喊了陆鸣过来。

"这个签你看着眼熟吗？年初咱们来的时候，你得的签不也是第十八签，一模一样。这么巧。"陆母说着。

我听了忍不住抬头看向他,烟火缭绕里他神情清浅,却也是点头笑了。我头皮一麻,整个人都怔愣住了。我像是窥到了宿命里的玄机,得到了冥冥中的感召。那心中不足为外人道的心绪有了灵性化成了形态,跟我说,这就是缘分,这就是天命。

"你求的什么?姻缘吗?"陆母问。

我心脏跳得厉害,扑通扑通的,感觉离近些他都能听到,被这一问心虚得浑身发软,赶忙借着去解签的说辞几步离开了。

解签的师傅说,凡事先凶后吉也,不过心中取事,天必从之。大意就是,心里想的事情,一定会如愿的,只是过程会比较艰辛,失而复得,先凶后吉。

我把签紧紧地捏在手里,小心地收了起来。

下午我们陪陆母吃好斋饭出来,外面下起了雨。待我们回到住的地方,雨势愈急。陆母提议晚点等雨小些再回上海,我也附议。

但雨依旧下着,反而有越来越大的势头,我刷着手机里的天气预报,播报着:"晚上八点多会停,我们可以那个时候走。"

陆鸣面色如常,但并没有很快答应。他沉默了一会儿,抬头看着我,有些歉意地说:"我们明天一早走吧,中午前能到上海。"

我愣了愣,心想也是我莽撞,午夜开车的确是件很疲倦的事情,更何况还有陆母,路上没法好好休息。

我点头应好。

4.

夜里翻来覆去睡不着。原本海浪声阵阵还像是绝好的冥想背景音,但是到了后来,开始变得有些恼人了。

我并不清楚我为什么失眠了。凌晨一点手机自动关机后,我仍然非常地清醒,甚至是亢奋。我索性下床,光着脚开门摸索到餐桌喝水。

夜风吹过我的后背,我回身看向敞开的窗户,然后看见了阳台上的陆鸣。

他扶着栏杆望着海,一只手垂下时,指间点点烟火。那背影看着,竟然有几分寂寥落寞。

我捧着水杯慢慢走过去,轻声打招呼:"还没睡?"

陆鸣神色清淡地看了我一眼,没有说话。

"我有点睡不着……所以出来喝点水,正好看到你在。"我小心解释着。放心,放心,我不是痴汉。

阳台上地板犹带雨后的潮湿和略微的寒意,他垂眸又看了我一眼,顺势掐熄了手里的烟,端着烟灰缸说:"你等一下。"

然后他进屋了。

我乖乖趴在栏杆上看着远处的海,说实话这深夜的海没什么看头。一眼望过去漆黑到深沉,海藏在浓墨色的夜里,远处寥寥渔火浮动，再无其他。

陆鸣再次走出来，漫不经心地跟我说："穿上。"

我低头才发现脚边多了一双拖鞋。诧异到心惊，觉得这个人要么是爱着我要么就是心细如尘到丧心病狂。不过我觉得后者的可能性更多点。

我们并肩望着远处的海，很默契地没人说话。

"很抱歉，耽误你的时间了。"陆鸣开口这么说。

我眨眨眼睛，笑起来："雨夜开车太疲累还危险。我跟上司也报备过了，没事的。"

事实上是那通给上司请示半天假的电话，上司问干吗，我说在外面来不及回去了，她又问跟谁，我说跟朋友，她继续问男的女的，我顿了顿，说男的，但是……她并没有听我说"还有他妈妈"，很愉悦地说明天可以休息，让我好好玩。最后一句"加油"意味深长。

"你有没有觉得……深夜的海，看着有些恐怖，有点压抑。"我展开了话题。

"的确会。"陆鸣说，"去年差不多这个时候，我也来这边待了几天当作散心。每天无所事事，就看看书看看海。本想着与它交换一些故事，给自己一点慰藉。然而时间久了，只感觉人事渺小到不足一提，连凡心都要忘了。几天之后，忽然心生惧怕，匆匆收拾东西回去了。"

他慢慢讲着以前的故事。

我却在想，是怎样的事情让他无法介怀，是那个甩了他的女朋友吗？不过我挺赞成他说的。

"它更像是种麻醉剂吗？能让人暂且忘却烦恼和忧虑，但是只是那一阵，回到现实，一切依然在。"我跟着说。

陆鸣点点头，我们又陷入了无言的状态。

"上个礼拜，我跟前任好好吃了顿饭。"我酝酿了很久，还是想把这件事告诉他。

"嗯？"陆鸣侧头看了我一眼，对这个话题似乎有些兴趣。

"我比我想象中还要平静一点。见到他我忽然释然了，走出来，只是心念一瞬间的事情。觉得那些以前种种，都已经过去了。我所能回忆到的，大多还是些美好的事情。"我自嘲地笑起来，"之所以曾经那么愤恨与不甘，可能是一种落差吧。他升职加薪，迎娶白富美，走上人生巅峰，而我，没有一点得意之处。所以那些过不去的，只是我没有变得更好，仅此而已。"

我说完，扭头看向陆鸣。

我们离得这样近，他轻微的呼吸声即便在海浪声里也是那么分明。

四目相交时，他的眼睛深得像海，我望了几秒钟，看见他瞳孔里的海浪与星河。那刹那多么绵长，我想喊他的名字，打破这个寂静。但我只是想想罢了，没有发一声。海浪在近处翻涌，远处三千流云淌下来，耳边风声似乎听见更远的地方莺飞草长着。

这样的氛围，下一秒应该贴上唇来才符合情节发展。

但这些，貌似目前与我们都无关。

"早点去睡会儿吧，几个小时之后我们就出发了。"陆鸣说起了结束语。

我其实并不想就这样走，毕竟这样的机会真的难得。我心里蠢蠢欲动着想做点什么，再聊会儿？表白？还是直接强吻？

但徐晓莉什么都不会说，也什么都不会做。

我应声与他晚安，回房前又忍不住扭头看向阳台。陆鸣仍在阳台，依旧那个有些寂寥的背影。一点猩红自他指尖燃起，也是那样地沉默。

海浪声开始变得温柔，我很快睡去。

5.

我把抽的签放在钱包里，就在陆鸣便签的那个夹层里。回来后的每天，都会把这个签翻出来看看。它就像是个很郑重的认可，告诉我，嗯，你就这么去做。

这件事跟娇娇说了后，她直说："我去，这么有缘分？虽然只是个概率问题，嗯，不过还是挺有缘分的。怎么的，要不要约出来让我看看？"

我心里有些蠢蠢欲动，但感觉我是不是有些得意忘形了。只是机缘巧合地跟着他们母子一同去了趟普陀山，抽到了一样的签，怎么就有种把自己当家属的厚脸皮。

但是女人还是贪得无厌的，娇娇提议的这件事情我还是放在了心上。

佛祖说，心中取事，天必从之。

姑姑的复诊时间临近的时候，陆鸣给我发信息，说陆母的意思让他载着姑姑去。我理所当然一定会陪同，理所当然是娇娇的医院。

敲定时间之后，我赶紧问娇娇的工作时间，完美地契合。简直是愿力无边。

这天中午，姑姑在住院部床位休息等着检查，催着我和陆鸣一起去外面吃饭。我提议说不如就在医院食堂吧，陆鸣答应后我赶紧给娇娇发信息，让她抽空来食堂吃饭。

简单的三菜一汤，我们对面坐下没过多久，就听见头顶一声惊喜地喊叫："哎呀，徐晓莉！你怎么在啊！"

我还没有抬头就感到了尴尬，娇娇这个演技实在太浮夸了。

"哎？你好啊！"娇娇把餐盘放在我旁边，开始向陆鸣打招呼了。

我干笑着介绍："这个是我的朋友，娇娇，在这边急诊上班。"

"朋友？"娇娇坐下来，笑着向陆鸣伸出了手，"你好，我是徐晓莉的死党闺密，叫我娇娇就行。"

陆鸣很客气地与她握手，勾唇温声说："你好，我是陆鸣。"

再无其他赘述。

娇娇甜甜地笑着，她很大方地打量着陆鸣，这让我有些羡慕。然后她的目光落在陆鸣的手背上，惊呼一声，说道："哎呀，你的血管真好啊……生得又直又有弹性，肯定一针见血。"

我一口饭差点呛住，使眼色瞪着娇娇。她吐了吐舌头，也有点不好意思："抱歉啊抱歉，职业习惯。"

陆鸣并没有对娇娇的加入有什么反应，他不管什么时候都是那样的又温柔又疏离。娇娇其实并没有待多久，她吃了没几口，就接到了电话，说来了个从工地三楼脚手架摔下来的抢救病人。她扒了几口饭塞在嘴里，飞快地走了。

我和陆鸣没有再提关于娇娇的事，他有一个说不上是优点还是缺点的特点，就是从不对别人产生好奇心。回姑姑病房前，我们在楼下超市转了圈。上楼的电梯会路过急诊，我在门口张望，陆鸣默默递给我一袋东西，并说："你拿去给你朋友吧。"

我接过看了看，里面有面包还有罐装咖啡。

我刚想说话，他又落了句："我在电梯口等你。"

娇娇刚从抢救室里出来，护士服上蹭了点血，颜色深红发黑，有些恐怖。我把袋子给她："下午抽空垫垫肚子。"

她感动得想给我送吻，碍于衣服污渍这才作罢。我私心地并没有提这是陆鸣买的，就当是本性里的一点浅陋。

"那位陆先生，我感觉不错哟，你加油。"娇娇冲我挤挤眼睛。

我笑得很开心，想着陆鸣还在等我，几步跳着往电梯间跑。拐角时脚步放缓下来，电梯间一侧是大面的玻璃窗，太阳很好，他的影子在大理石地面上投得细长，我顺着影子看向他，阳光直接照进心里。

6.

我现在非常确定,我爱上陆鸣了。那已不再是个我自己揣测的秘密。

张聪给了我两张二十七号ChinaJoy的门票,让我可以带朋友来玩。这是个约陆鸣的好机会,我赶紧发信息问他周末有没有空一起去ChinaJoy看展台上的漂亮妹子。

他很简单地回了句:"抱歉,周末要加班。"

我想可能也是我问得太唐突太轻佻了,他未必对这些有兴趣,瞬间自己也没有去的心思了,把票送给了娇娇和邱胜屿。

然后整个周末我都躺在床上,想着现在的情形是怎样的。陆鸣喜欢我吗?还是只是他为人礼貌不会拒绝呢?不对,应该还是有些好感的,他陪我去学校吃烧烤,带我去他常去的酒吧喝酒,包括我们一起去海边,他记得我爱吃小番茄,他对我的朋友也很关心,他与我讲关于自己的故事,总归还是不一样的。

这样的患得患失让我感到了恐慌,仿佛间回到了少女时代的第一次恋爱,甚至摧残过公司同事来自男朋友那里的玫瑰花用来占卜喜欢和不喜欢,结果是喜欢。

我整个人都陷在自己的甜蜜春天的阴影里,想走出来又舍不得。纠结反复，一个人上演着八点档的情感大戏。姑姑说得一向很对，我已经二十八了，我没有那漫长的精力和时间再去等待了。

七月的最后一天是他的三十岁生日，这是我从陆母那里发现的，她这天一早就在朋友圈里发了一张照片。是的，我有了陆母的联系方式，为了保持一个良好的形象，在向她申请好友之前，我把我这几年的朋友圈好好地清理了一遍，把那些会影响长辈对小辈印象的东西通通删光。在此之后，我也积极树立着一个懂事的、温柔的、能干的好姑娘模样。比如去图书馆啦，在家做菜啊，养的花啊，看的展啊……

陆母发的是一张菜场的照片，附文写着说："今天儿子三十岁生日，准备做他最爱吃的糖醋排骨。这把年纪了，还得让当娘的给他过生日。"

最后一句吐槽，隐约看见了姑姑的影子。果然她们是好闺密。

我预感到今天注定是不一样的，不知从哪里顿生出一股强烈的冲动和勇气，我想见他，我想在今天，让他知道我爱上他了。

这种心念大概在心间游走了很久，所以来得这样汹涌。当我问陆鸣晚上有空去酒吧让我请寿星喝杯酒，他说"好"之后，我甚至无法忍受等待中的任何一分钟。

一到点我就冲出了公司往家奔，热水器烧水的工夫我把衣柜里的衣服如数摊在床上开始筛选前三名的搭配，在镜子前反复地穿脱比较。我甚至拆了本打算新年再开封的香水和首饰。

还有，洗完澡后我换上了整套的蕾丝内衣。

他的生日我知道得太晚，来不及准备像样的礼物。我翻找了半天，终于在一本书里找到一张涂鸦，画上是陆鸣伏案看书的侧影，是我在隐尘书店看书时随手涂的。未必是高水准画作，但神情姿态像极了他，落款是五月。

　　和陆鸣约的是八点半，我在家里焦灼地等到八点一刻，又细细地打理了遍自己这才出门。即使我心绪如狂，但我依然要保证自己的从容和体面。

　　我在角落里靠着小窗的两人座坐下来，没几分钟陆鸣就出现了。

　　他穿着浅蓝色的衬衫，手上搭着件外套站在楼梯口，我赶紧向他挥手。他看见我，笑着朝我这边走过来，一步步都落在我心上。

　　杜六一过来打招呼，我把酒水单给了陆鸣，笑着说："今天听寿星的，尽管吃尽管喝，不用帮我省钱！"

　　在乌托邦酒吧粉色霓虹的映照下，他眉眼格外温柔。

　　我本来准备了一肚子的话题，聊他的生日，问陆母的糖醋小排，聊杜六一的酒吧和新调制的鸡尾酒，我还可以说说我的同事和闺密娇娇。可我望着他，忽然沉默了，在一个很适合聊天的气氛里，只是默默地饮酒，其实根本不能说是酒。陆鸣帮我点的是水果宾治，颜色好看分层明显，口感酸酸甜甜的就是没有酒精。

　　错失一个借酒壮胆的机会，在陆鸣的目光里，我有点怂了。

　　今天驻唱小哥也在，踩着鼓点唱了首 *Forget To Begin*。我们一起听了一会儿歌，陆鸣开口说："今天很漂亮。"

　　"嗯？"我愣了愣，一时没反应过来他的评论，回过神来内心瞬间很雀跃，来自于陆鸣这样的夸赞是第一次。

刚想寒暄地说谢谢，又听他问："又去相亲了？"

闻言我连眼角都耷拉了下来，合着我在他印象里还是那个见缝插针车轮战术相亲的大龄剩女，我的精心打扮只是为了给陌生人留下个好印象，期待着陌生人留情的下次约面。

我垂着脸搅动着饮料沉闷闷地回答："并没有。"

美好的分层被我搅乱成一杯浊饮了。

我因为陆鸣的话有点受打击，更多的是恼羞成怒的失落。猛吸一口饮料，给自己下了最后的通牒。徐晓莉，横竖一刀，说了吧。

"我已经不相亲了。"我振作精神抬起头看向陆鸣。

"可是我需要一个合理的理由，让我可以不再相亲。"心如鼓捶，我只觉得这瞬间脑子发昏发胀，手脚发软发麻，舌头也开始打结。我决心这次不管怎么心虚怎么胆怯，我的视线都不要移开他，"我只想和你在一起。陆鸣，我可能爱上你了。"

这句话说得有些颤，带着些哽咽的泣音。我一字一句地讲完，如获大赦般长长地吐出一口气，身上所有的临床表现都消失了。

陆鸣并没有说话，我满怀期望地望着他依旧沉静的眼睛，心里积蓄着莫名的委屈和自怜，鼻子忍不住开始发酸。我强力制止着眼眶里液体的囤积，但是它并不听我的。

我知道现在陆鸣眼中的我，噙着泪突兀地说着不着边的话，总之会显得很傻很可笑。可我没有办法，既然给了他我的爱情，就只能等着他的判决。

陆鸣掉开了眼，看向了别处，他甚至连神情都没有什么变化。

然后他说:"晓莉,八月中旬我就要去美国了。"

他答非所问,但我已经明白了。

像是一盆冷水,从头上浇下来,心中一团火苗倏地熄灭了,我不自禁地打了个冷战。

"那你什么时候回来?"我眼前水雾模糊,逐渐失去了陆鸣的模样,眨了眨眼睛这才看清楚他。

"我不知道。"然而他始终没有看我,目光飘向那扇木质小窗,闪动变幻的灯下他的神情淡薄又疏离。

连客套的寒暄都没有。

"这样啊。"我抹掉了脸颊上冷掉的泪,扯出一个微笑,"那……正好就当饯行了。"

这是我七月份说的最后一句话。

我很感谢他最后没有跟我说抱歉,或者跟我说,我是个好姑娘。

八月，我是瓶中的水

01 JANUARY

S	M	T	W	T	F	S
			1	2	3	4
5	6	7	8	9	10	11
12	13	14	15	16	17	18
19	20	21	22	23	24	25
26	27	28	29	30	31	

02 FEBRUARY

S	M	T	W	T	F	S
						1
2	3	4	5	6	7	8
9	10	11	12	13	14	15
16	17	18	19	20	21	22
23	24	25	26	27	28	

03 MARCH

S	M	T	W	T	F	S
						1
2	3	4	5	6	7	8
9	10	11	12	13	14	15
16	17	18	19	20	21	22
23	24	25	26	27	28	29
30	31					

04 APRIL

S	M	T	W	T	F	S
		1	2	3	4	5
6	7	8	9	10	11	12
13	14	15	16	17	18	19
20	21	22	23	24	25	26
27	28	29	30			

05 MAY

S	M	T	W	T	F	S
				1	2	3
4	5	6	7	8	9	10
11	12	13	14	15	16	17
18	19	20	21	22	23	24
25	26	27	28	29	30	31

06 JUNE

S	M	T	W	T	F	S
1	2	3	4	5	6	7
8	9	10	11	12	13	14
15	16	17	18	19	20	21
22	23	24	25	26	27	28
29	30					

07 JULY

S	M	T	W	T	F	S
		1	2	3	4	5
6	7	8	9	10	11	12
13	14	15	16	17	18	19
20	21	22	23	24	25	26
27	28	29	30	31		

08 AUGUST

S	M	T	W	T	F	S
					1	2
3	4	5	6	7	8	9
10	11	12	13	14	15	16
17	18	19	20	21	22	23
24	25	26	27	28	29	30
31						

09 SEPTEMBER

S	M	T	W	T	F	S
	1	2	3	4	5	6
7	8	9	10	11	12	13
14	15	16	17	18	19	20
21	22	23	24	25	26	27
28	29	30				

10 OCTOBER

S	M	T	W	T	F	S
			1	2	3	4
5	6	7	8	9	10	11
12	13	14	15	16	17	18
19	20	21	22	23	24	25
26	27	28	29	30	31	

11 NOVEMBER

S	M	T	W	T	F	S
						1
2	3	4	5	6	7	8
9	10	11	12	13	14	15
16	17	18	19	20	21	22
23	24	25	26	27	28	29
30						

12 DECEMBER

S	M	T	W	T	F	S
	1	2	3	4	5	6
7	8	9	10	11	12	13
14	15	16	17	18	19	20
21	22	23	24	25	26	27
28	29	30	31			

1.

一种强烈的羞赧心让我无法忽视。

这让我惧怕回家,我很怕在小区里电梯里还是楼道里遇到原本期盼着的碰面。所以我想着缘由,暂住在了姑姑家。

住了没两天,我又灰头土脸地乖乖回去了。

姑姑正逮着机会盘问我和陆鸣相处的细节,她的原话是"怪不得你说你不要相亲了",口气中带着暧昧的揶揄。这不免像是伤口上撒盐,我回答得尴尬,故事编造得也很硬伤。

通过以前的刻苦研究和实验,我大致摸清了陆鸣工作日的作息时间,他基本上在每天的十点半到十二点回家,早上的八点半到九点半出门。于是在八月的日子里,我尽量规避着这个时间段出现在我们或许有交集的地方。

娇娇来问过我们的近况,约着什么时候她带上邱胜屿,我带上陆鸣,我们四个一起吃饭。我说没戏了,她在电话那头说,那么好的血管,实在想再观摩一下。

我也做了"如果他忽然联系我该怎么办"的应急预案。

方案一,装看不见。方案二,装若无其事平常聊天。方案三,继续告诉他我爱他。

事实证明,我只是多虑了。

我的手机,从来没有因为他而响过。陆鸣三十岁以后,貌似开始与我没有关系了。这种说法,也是我自己玛丽苏了,他三十岁以前,也只是我的一厢情愿。

不管怎样,我失恋了。

周末窝在家里刷美剧,电视声音开得很大,小小的房间因此变得热闹。我抱着盒朗姆酒味的八喜,拿着大勺子一勺勺挖着吃。我知道这一大盒吃完的后果是什么,但失恋后的暴食貌似是难以避免的。

这样爆表的热量会让人心情愉悦放松。

门铃响了两声,我赤脚翻身下床从猫眼里往外看,变形的视角里我看见了陆鸣。

陆鸣在摁我的门铃?

干吗干吗,什么事情啊什么事情啊。为什么要摁我的门铃啊……我上下打量了颓废的自己,顿时慌了心神,静音模式地手忙脚乱。

装不在家吧,可是电视里的大厦正在爆炸。我仓皇躲开猫眼,立正姿势贴着门缩着,心口跳得厉害感觉门板都在颤。有什么东西掠过我的脚边,我低头看门缝里塞进来了什么东西。没敢马上蹲下身拿,贴着门听见脚步声愈来愈远,结束在一声关门声后。

手机震了下,我慌慌忙忙掏出来看,陆鸣的名字在信息通知里亮了起来,就像一瞬心火燃了起来。

"我信箱里有你的明信片,已经塞到你门缝里了,大概是投递员投错了。"只有这么一句。

我弯下身捡起明信片,几层印戳里写的地址的确是我的,收信人也是我。

"在莱茵河畔想念火锅的朋友向你发来问候。德国的夏天很美,有机会你一定要来看看。"明信片上这么写着。背面是莱茵河的景色,简笔画着一个戴着眼镜端着相机的小人,他头顶有个对话框,说着"HI"。

落款是顾松竹。这并不是顾松竹第一次给我寄明信片,自从娇娇把我的地址卖了给他之后,每个月我都能收到这样类似的旅行笔记。

我没有回复陆鸣的信息,我连"谢谢"都不敢说。

2.

陆母联系我说这个周末有没有空闲,我看了眼日历,已经是八月中旬了。这种时间段,极有可能是陆鸣出国前的主场。

我找着理由婉拒了陆母的邀约。她也不再强求,只说以后有机会。

我并不清楚陆鸣离开的具体日期,但我清楚也就这么几天了。

我们的关系变得尴尬这件事,渐渐地姑姑和陆母也该体会出来。其实也没必要,毕竟陆鸣要出国了。我们两条线交错过一个点,到底还是要向不同的方向。

这让我又陷入了自怜里了:我为何如此不幸,刚确信自己爱上了一个人,就要面对他的拒绝和他的离开。这种情绪让我很避世,很想逃离。

正好公司里有outing,说是要去黄山。本来大家都憧憬着香艳的海边或是文青的边陲,一听是要去爬山,都是兴致缺缺的样子。我第一个举手报名,只要能有理由不在这910的小房子里待着,去哪都行。

这个周五我们就动身出发了,走得很仓促,六点半我上了公司的旅行团大巴才给姑姑发信息,说跟着公司一起出去玩个几天。有点先斩后奏的味道,但是管他呢。我开始蒙头就睡,再不管手机如何振动。

醒来的时候窗外的风景变得稀疏,看到些田地水域,青砖瓦房,还有郁葱树木和逐渐开始起伏多变的地势。我知道我正在远离上海,轻松和失落交杂成一团,被丢到了很远的地方。

和我一起住宿的是同事梦梦,就是之前我拿她的玫瑰花用来占卜喜欢不喜欢的那个。她整夜都在和男朋友打着电话,商量着明年等他有休假了去北欧的路线。我沉默地坐在床上看书,一个晚上看了不足一页,实在无心于此。

当梦梦和她男朋友聊到了以后小孩取什么名字好的时候,我披着外套走出了房间。

我们的酒店在山脚下,一侧的长廊就可望见山脉郁葱,可惜夜里除了几盏幽幽灯火,没什么看头。

我从外套的兜里摸出了一包烟,那是我入住前在附近便利店买的,只是因为当下脑海里闪现过陆鸣指间的星火。我拆开来抽了根放在鼻尖嗅了嗅,极淡的烟草味。我尝试很娴熟地夹在指间,凑到嘴边才想起我并没有打火机这个事实。随即心里苦笑,到底不是会抽烟的人,依葫芦画瓢也显得这么笨拙。

如果陆鸣看到我学他抽烟,会不会不动声色地轻轻皱起眉头,说,这样不好。

还是会借火给我呢?

我又陷在了自己很霸王的揣测中。我只是想到他,便默默在想象中经历了委婉的试探,热烈的拥抱,谨慎的维护,忘我的体谅和无奈的分散。当然,选择性遗忘了那夜他无言的拒绝这样重要的情节。其他的一切好像真实发生过的,我的愉悦、犹豫和痛苦,以及许许多多微妙不可言说的情绪统统涌在心头。俗称,意淫。

如果我擅长写作,我恨不得在网上开始连载,写一部关于玛丽苏·晓莉和杰克苏·鸣的偶像魔幻家庭伦理爱情悲喜剧。

然而现状是,陆鸣的朋友圈寡淡如水,没有任何的信息,我连一点起码的窥私欲都满足不了。总结下来,就是欲求不满,甚至干涸,只能幻想。

这个精神状态其实很恐怖,至少对于已经二十八岁的我来说。当下之急是我务必要迅速走出这样失控的情绪里。

对面山谷沉默,我气沉丹田吼了一嗓子,回音里夜鸟飞散,趁着没人找我事儿之前,我回到了房间。

梦梦已经睡着了,她的手机仍然抱在怀里,耳机线还缠在脖子上,我很怀疑她一个翻身就会勒住自己。轻手轻脚帮她解线,见她的唇边荡着浅浅的微笑,眉宇间都浸润着甜蜜。

爱情真是美好。

隔天一早集合开始登山,我默不作声地保持在队伍的前面,整个过程显得非常积极,同房间的梦梦始终在队伍的末尾。我们每到一处歇脚的地方,就看着梦梦抱着个手机走走停停,要么打字要么直播,笑得比蜜甜,走得比龟慢。

爱情真是美好。

还有四分之一路途的时候,梦梦又喊住了大家说:"我们在这边歇歇,不知道上面信号好不好,让我先给男朋友打个电话。"

于是梦梦跟我坐在小卖部门口的同一条长凳,电话里一会儿达林一会儿哈尼。

爱情真是美好。

我忽然意识到,这次失恋散心为主题的outing就是个错误,我竟然跟秀恩爱狂魔在一起,无形之间暴击伤害到无力回天。

我把手里的饮料一口饮尽,下定了决心。在后半程的登山路上,我始终担任着领头这个角色,不再管杀"狗"人梦梦的各种要求。一路心无旁骛拾阶而上,在爬山这样不断重复的机械性运动里,思路会比较单线且不会多想。

身边的嬉笑逐渐变得遥远,高处的台阶延伸到很远的地方,我抬头往上看,山岚浓重,山势隐在云里看不清楚,整个世界只剩下我厚重的呼吸和身上黏腻的热汗。这个时候脑子里很空洞很平静,除了往上走,别无他想。

这样无欲无求的内心宁静,从八月开始我第一次体会到,或者说从见到他之后第一次体会到。

大汗淋漓登上光明顶,山上还带着水汽的风吹拂过头顶的时候,整个人都超脱了。天气并不是很好,厚厚的云层笼罩着,没有想象中一碧万顷的晴空,然而远处山峦起伏,山石不语,水墨含烟,近处山岚从郁葱森宇里升腾,犹坠仙居。

壮丽的山河在怀,山风拂动着耳际,心里是无限的平静安谧,心底涌现出难言的温柔。无人抒怀,只能自知。

这个时候,梦梦在边上和男友视频,她开心地尖叫着给他看身后的景色,直呼好美。手机里却传出男友的声音,他说,景色再美也没有你的微笑美。

爱情真是美好。

我很纳闷为什么山顶的信号也这么好,为什么这里有信号塔。

手机在口袋里振动起来,我掏出来看了眼,却是一愣,是陆鸣。

关于他的心愿,总是这么灵验。只要一想到他,他就会出现。

但是我没有接,就像当时他站在我家门口一样,我只能看着,却不敢再有任何动作。这就是可怜的徐晓莉啊。

这个来电响了足足有半分钟,终于安静了下去。

过了几分钟,它又响起来了。我依旧没有接。

沉寂了几秒后,我收到了陆鸣的短信。

"我走了。"

只有这么三个字。

像是山谷中吹起了大风,妖风往领子口里灌,之前出的汗都收了起来,冷到毛孔里,我不自禁地打起寒战。

我不太记得自己怎么下山的,意识很远,只有陆鸣的那句"我走了"在脑子里转。我没有参加同事们的聚餐,直接回了宾馆酒店。洗完澡精疲力尽又饥肠辘辘地躺在床上,快把陆鸣的短信看穿了。我翻看他的朋友圈,没有其他动态,倒是陆母有条定位在机场。

他走了。

他走之前给我打了两个电话。他有话跟我说,或许只是告别,又或许是有别的事。

我躺在逐渐昏沉的房间里,这才恍然意识到,他真的离开了。胸口钝痛到无言,一种宿命里的错失感让我整个人陷在了谷底。窗外下起了雨,我透过窗子看向远处的天空,一头蓝色的鲸鱼缓慢游走,一个尾巴隐在了浓厚的云层里。

脑子里走马灯地回放着陆鸣的每个画面,从第一次在餐厅遇见他，远远望着他藏在花木后的身影；他在对面静静看书的模样；他在酒吧粉色霓虹灯照映下微红的脸庞；他在海边静静伫立的背影……

他喜欢蓝色，他的字很好看，他一般夜里十一点到家，他喜欢吃糖醋小排，他的酒量不错，他抽烟但克制，他笑的时候左边唇角会有个浅浅的梨涡，他的眼眸是深棕色的。

关于陆鸣的一帧帧在脑海浮现着，我意识到，能遇见这样的他是不是已是一桩幸事。

然后我后悔了，非常地后悔。

真想告诉他，山顶的风景真美，你也在就好。

这时候梦梦聊着电话推开了房门，我扭头强迫自己睡去。

3.

回到上海已是周日的深夜,在小区门口的便利店买了剩下的最后一份盒饭,慢悠悠地往家走。楼下抬头望去,919室黑漆漆的没有一点光亮。

我以为去爬山能让我释怀一些,可惜并没有。

邮箱已经满了,上楼前顺手把信件都给取了。慢悠悠上了电梯,慢悠悠走到门口,忍不住又望了眼919的方向,长廊的尽头声控灯光都照不过去。

进了家门脱了鞋放下包,慢悠悠地坐在桌前拆着各种缴费单。生活还得往下过,钱还是要花要赚,简单想想,除了一个认识的邻居搬走了,我的生活和原来没有什么区别。

我给姑姑打电话报平安,那边免不了又是一阵数落。然后她问我:"晓莉啊,我认识个阿姨他们家的外甥挺好的,是历史老师,你有空……要不要见见?"

陆鸣刚走,她就开始给我继续安排相亲了,这是不是说明,她或许很早就猜出来我爆料说有喜欢的人是陆鸣了。现在她也意识到了陆鸣的离开,我这条情感主线也跟着戛然而止了。

我沉默了会儿,慢悠悠回答:"最近好忙,下个月行不行。"

"当然可以！"姑姑的音调扬得很高，她在电话那头笑了起来。

　　我再没有什么理由来推阻相亲这件事了。

　　但是我看到了一封信，上面写着"徐晓莉亲启"，信封上没有署名，但那个字迹我认识。于是我匆匆跟姑姑道别，挂了电话。

　　我很快地拆开信封，里面只有一张纸，展开来看却是一愣。

　　是一幅简笔画，画里一女孩长发短袖，她把手中的杯子倒扣在脑袋上咧着嘴笑着，眉眼弯如月牙，分明是我。

　　心脏狂烈地跳着，所有的血都往脑子里涌，我头昏脑胀了一阵才定下心神继续看。

　　画下一行小字，写着：很高兴认识你。后面还画着一个微笑。

　　署名陆鸣，时间是七月。

　　那片我们曾经一同展望过的海翻卷着碧蓝的浪而来，瞬间涨满了心怀。这时候，感觉他就在我的身侧，我们并不曾走远，反而越来越近了。他并不是一句话没留就走了，他走前有一通属于我的对白，两通属于他的执拗，还有眼前这幅算作回复的画，只怪我骨子里仍保留着年少的脆弱和怯懦。

　　在一种混沌的失望中忽然生出一星并不明朗的希望来。

　　我很想他。

　　这夜真的梦见了陆鸣，支离破碎的片段记不太清，唯一印象深刻的是我们一起在山顶看日出，远处层层叠叠青灰色的云镶上了金边，光芒透出来落在山脚的海面上，金波荡漾美不胜收。当太阳从云层里跃出来的那刻，我侧头看陆鸣，他仰着头看向远方的天空，他的眼中满是光芒。

清晨醒来，我躺在床上看向窗外，湛蓝如洗的晴空几团毛茸茸的云飘着，很漂亮却抓不住。

我忽然意识到陆鸣对我而言，就像这青天的云。

他曾与我相遇，甚至在某些时刻我们曾心意相通过，但是他有他的轨迹和他的路途。而我就像是瓶中的水，我始终隔着一层无法忽视的玻璃望着他。命运告诉我，他不会留，我也留不住。

所以如今关于他的种种，爱慕懊悔也好，思念憧憬也罢，都应该守口如瓶了。

想清楚这点，我忽然轻松了。但心里很空，就像梦醒无痕。

4.

生活回到了没有遇见陆鸣之前,朝九晚五,偶尔加班偶尔放风,周末去图书馆或是回姑姑家陪她吃顿饭,夜里刷剧刷电影,照常推阻娇娇和邱胜屿以"虐狗"为目的的邀约。

没有陆鸣的生活,爱慕喜忧远去了,患得患失也远去了。我仍是守着自己的一亩三分地儿慢慢耕耘抬眼看着日升日落的大龄剩女。

偶尔也会想到他,细细回想我们为数不多的对白和他的神情,翻看一下钱包里他的字迹和已经被我裱在墙上的那幅画,平淡的日常抑或是疲惫压力的时候,会有稍许的温暖与安慰。

在关于相亲的这件事上,慢慢地我依旧妥协了。我的二十八岁大步向前走着,我拉也拉不住,也没法装作没看见。

我到底不是那种独立自信的新时代都市女性,我不得不提防着旁人的眼光和闲散的议论,我试着告诉自己我可以很骄傲地自己生活,走到三十岁,走到四十岁,走过每个都很精彩的只有自己的春夏秋冬。但我真的害怕就这么孤独地走下去,我渴望有个可以共度余生的人。

周末我答应了姑姑去他们夕阳红朋友圈里有名的红娘那里登记一下信息。姑姑说,如果促成一桩婚姻能修一个功德的话，她很快就可以成仙了。姑姑又说，逢年过节，很多夫妻抱着小孩去探望她，年纪最大的孩子又可以找她帮忙找对象了。

我将信将疑的，质问姑姑既然这位红娘这么厉害，为什么一开始没有直接介绍给我。她犹犹豫豫地说，想锻炼锻炼自己牵红线的本领，结果发现我是取经之路上的大妖怪，她降不住我只能搬出救兵来。

好说歹说，我还是跟随她一起去了红娘家。他们都叫她何阿姨。

姑姑和我拎了不少东西，八月下旬的上海热得柏油马路开始蒸腾，我们沿着树荫蔽日的小路往何阿姨家的弄堂走，知了没完没了地叫，到她家门口已是大汗淋漓。何阿姨开了门，满面笑容邀我们进来，她热情地招呼我们坐下，自己跑去厨房倒水。

客厅不大，家具也简单朴素，却干净雅致，东西摆件也归置得井井有条。空调像是刚开没多久，冷气携卷着热风在身边游走，何阿姨笑盈盈端来餐盘，摆好茶水，和姑姑寒暄了几句。她年纪六十五岁上下，身材丰腴，穿着件白底碎花的短袖，整理得体的波浪卷短发，气色很好整个人也看起来很精神，谈笑时中气十足。

然后姑姑说："这就是我们家晓莉，情况之前跟你说得差不多了。"

被cue得太快，我连忙点头问好，何阿姨慈爱的目光笼罩而来，她毫不避讳地上下打量了我几回，唇边的笑容愈发慈祥温柔。

"的确是个好孩子，卖相好的。你们稍坐会儿啊，我去拿资料。"何阿姨说着，起身进了房。

然而她那种打量，让我有点不是很自在。

很快她就坐回来了，手里捧着两个厚厚的册子。

看样式是自己手制的线穿本，封面的牛皮纸已经磨损严重，爆本卷边得厉害，一看就很有年代感。我潜意识看出来这就是传说的"功德簿"。

何阿姨戴上老花镜，翻到了册子的最后几页，拿着笔写下了我的名字，又确认了我的年纪和工作。

"年薪多少？"何阿姨抬头问我。

我沉默一会儿，默默报了个数字。

何阿姨提笔记了，然后又问："你有不动产吗？"

我愣了愣，老老实实回答道："有一套小户型。"

"多少平，在哪里？"何阿姨继续追问。

我回答完，姑姑又补了句："我这里还有一套中环里的老房子，八十平呢，听说会拆迁的，以后也是归她的。"

我看向姑姑，她与我四目相对，眼神里让我少说话。

何阿姨点点头，笑着记了下来。

我等着她问我一些兴趣爱好和择偶要求，然而她并没有多问。

她把另一本册子摊在边上，一手指着刚才记下关于我的信息，一手逐页翻找着、比对着。我随便瞄了眼，每个人名之后都记着详细的家庭情况和经济情况，包括父母的工作、文化，自己的学历、工作、年薪，更简单粗暴地记着在什么区有几套房有几辆车，是否还在按揭。

何阿姨现在正在做的，就是在筛选她心目中与我条件相符的相亲对象。

就像是客观数据分析很市场化的等价商品比对。

心里有点不自在,心情也变得沉凉。我徐晓莉从未想过会有沦为滞销处理商品的今天,而且这种相亲配对的模式,本身是不是一种很伤人的事情?

没过多久,何阿姨又笑容可掬地望着我,笑盈盈地说:"晓莉什么时候有空,我们就把日程订起来。"

就这样,八月的下旬我又开始了相亲之路。

相较姑姑介绍的那些奇葩,有过之无不及。

5.

何阿姨打电话给我,说明天中午的相亲订在了城隍庙附近的茶餐厅,请我和姑姑务必出席。

我应声完才冒出个疑问,为什么姑姑也要出席。

然后何阿姨又补了句,对方的家属也会出席。

我听完很紧张,第一次相亲就是双方家属在场吗?急吼吼给姑姑电话,她对此并不以为然,直说我相亲程度还不够,没见过世面。很多都是这样的。

并嘱咐我既然有长辈在,就要着装郑重点,要乖巧不失贤惠,体现出知性美来。我不得不拿出之前与陆母出游的装备。

茶餐厅就在城隍庙附近一栋很破旧的老商厦里,我和姑姑坐着唯一的货梯到了五楼,何阿姨就在门口等着,她笑盈盈地领着我们走进人满为患的茶餐厅,直说我的裙子漂亮。

在餐厅深处的角落里有几桌圆桌,何阿姨走过去打招呼,稀稀落落地站起来了两桌人。何阿姨笑着跟他们打招呼,回头看着脚步犹疑的我,揽住了我的胳膊介绍着:"这位是徐晓莉。"

趁这个工夫我粗略了数了下在上上下下打量着我的人,十三个。

她又招呼起圆桌前安静坐着的一个白衬衫男子，带着点玩笑地嗔怪："小宋，你怎么也不主动介绍介绍自己。"

随后他站起来，竟是个身材高挑、长相不错的男人。他的目光并没有看着我，淡淡地说了句："你好，我叫宋维。"

我对他没有任何的好感，心中有层不应该对他发出的隐怒因为他很冷漠又无视的招呼而变得有些压不住。

傻叉。我心里淡淡地评价。

何阿姨招呼我和姑姑坐在宋维身边，她亲亲切切地介绍着这两桌的人，分别有男方的父母、哥哥嫂子、姑姑家、阿姨家，甚至还有要好的邻居。

我内心充满了无法理解的荒谬感。这只是相亲的第一次见面，怎么有种要见家长甚至是订婚的规模。

还是说他们正好在家庭聚会，顺便让相亲对象也来添碗饭？

我知道我的脸色现在是非常不好看的，我瞄了眼姑姑，她也难免有些局促。我腹诽着，不是说见过世面吗？

何阿姨很亲切地笑着做着整场的MC，介绍着男方现在的工作如何好，如何有上升空间，性格如何温柔细心，多讨小姑娘欢心。

坐在我身边的不知道是男方的阿姨还是姑姑一直在旁边为我夹菜。我忙不迭地道谢，何阿姨现场评论，你看这姑娘多有礼貌。

我除了讪笑，无以回应。

其实他们点的菜并不多，几份凉菜小食，面点热菜，几样港式点心，都是一屉五六个的，根本扛不住这么多人。每样都雷打不动地我和男方必有一口，整桌人围着看着我们吃，场面说不出地尴尬。

这么多人闲着没事儿，自然东一句西一句，问我的工作，问我的爱好，问我平时在家里会不会做家务，拿手菜是什么。

我不知道为什么，男方的母亲特意抓了抓我的手，然后点了点头。

自始至终，我都没有与男方说过一句话。因为我们都在刻意规避着，所以甚至连一瞬的目光交汇都没有。

这顿饭吃得异常漫长且煎熬，我疲于应对着四面八方的审视和评判，余光瞥见几人视线固定的窃窃私语，心口一股郁火却也无奈。

最后我与男方在两桌人的注视下互相加了微信。

何阿姨提议着："下午你们一起去看看电影吧？最近小年轻们喜欢的片子是什么呀。"

男方也没有拒绝，起身走过来帮我拿包，淡淡问我想看什么电影。

我刚想笑着拒绝，只见姑姑猛捏我的手，我手机响了一声，是姑姑几分钟前给我发了短信，我低头看了眼。

"何阿姨给你安排的第一次相亲，把面子做足。"

我默默把手机放进了衣兜里，依旧没有看他，回了句："去看看再说吧。"

这个时候我们很有默契，只要我们走出去了就好，然而纷纷落落中有人跟着起身，笑着说："我手上有电影院的票子，一起去吧。"

说话的是他的哥哥和嫂子。

我期期艾艾地望着姑姑，她飞快逃避了我的视线。

事情的发展变成了我们四个人站在电影院门口，宋维的哥哥嫂子站在不远处看着海报，宋维问我看什么，我小声地问他："真要看吗？"

而后他看着我，这是我们第一次对视。

他沉默地点头，灯光很暗，宋维的眼睛里也很暗。

之前我腹诽他明明各方面条件都不错，活该相亲到现在，拖家带口相亲能相亲成功才有鬼。但是现在忽然觉得他也挺无奈可怜的，连相亲约会全程都有人跟着。

他的哥哥嫂子买了两桶爆米花，递过来了票子。嫂子眨了眨眼，笑着说："咱们就不坐一起了，不能给你们小年轻太多压力。"

但其实他们坐在我们的正后方，并没有什么区别。

我们看的是刚上映不久的热门爱情片，电影开始后我们沉默地坐在昏暗里，宋维抱着一桶爆米花一动不动，我干坐着看着满屏小鲜肉和小花旦让人尴尬到捂眼睛的演技，气氛也很干。

过了一会儿，他递来爆米花，也没说话。

我道谢接过，顺便侧头看了他眼，屏幕光影中他脸上神情依旧冷淡。

电影情节到了笑点，全场爆笑，连身边的宋维也忍不住轻轻笑出声。我蓦地觉得无比地寂寞，我很想念陆鸣。

电影结束之后，我终于松了口气，他嫂子去卫生间，邀请我一起。我讪笑着拒绝了，和宋维在外面等他们。

"不习惯？"宋维终于开口跟我说话了。

我点头，一脸的"你觉得呢"？

"我习惯了，吓跑了不少女生。"宋维耸肩，"不过我家就是这个样子，什么事情都是这样一群人扎堆，小时候给我去开家长会也是，那时候爷爷奶奶还在，每次都是至少十五个人。如果真的在一起，还是预先有个心理准备好。所以，吓跑也没办法。"

他竟然说了这么长的话。

我却在脑补他们家长会的画面，大概教室里他的家长占一半。

画面感太强，我忍不住笑出声。但这真的是件可怕的事情。

我忽然想到刚才吃饭的事情，趁这个气氛还算比较缓和的时候赶紧问他："对了，吃饭的时候你妈妈忽然抓着我的手，还点了点头。"

宋维沉默了几秒钟，回答道："大概是她喜欢手暖的女孩子。"

"嗯？"我一时不解。

"按照她的说法，手冷的女孩子宫寒，生养方面会吃力些。"宋维说完，他的哥哥嫂子出来了。

我们在电影院门口告别，他们提出送我回去，我笑着拒绝了。

回去的路上我回想起宋维的话，细思恐极，不由得心底发凉。

九月，你是青天的云

01 JANUARY
S	M	T	W	T	F	S
		1	2	3	4	5
6	7	8	9	10	11	12
13	14	15	16	17	18	19
20	21	22	23	24	25	26
27	28	29	30	31		

02 FEBRUARY
S	M	T	W	T	F	S
					1	2
3	4	5	6	7	8	9
10	11	12	13	14	15	16
17	18	19	20	21	22	23
24	25	26	27	28		

03 MARCH
S	M	T	W	T	F	S
					1	2
3	4	5	6	7	8	9
10	11	12	13	14	15	16
17	18	19	20	21	22	23
24	25	26	27	28	29	30
31						

04 APRIL
S	M	T	W	T	F	S
	1	2	3	4	5	6
7	8	9	10	11	12	13
14	15	16	17	18	19	20
21	22	23	24	25	26	27
28	29	30				

05 MAY
S	M	T	W	T	F	S
			1	2	3	4
5	6	7	8	9	10	11
12	13	14	15	16	17	18
19	20	21	22	23	24	25
26	27	28	29	30	31	

06 JUNE
S	M	T	W	T	F	S
						1
2	3	4	5	6	7	8
9	10	11	12	13	14	15
16	17	18	19	20	21	22
23	24	25	26	27	28	29
30						

07 JULY
S	M	T	W	T	F	S
	1	2	3	4	5	6
7	8	9	10	11	12	13
14	15	16	17	18	19	20
21	22	23	24	25	26	27
28	29	30	31			

08 AUGUST
S	M	T	W	T	F	S
				1	2	3
4	5	6	7	8	9	10
11	12	13	14	15	16	17
18	19	20	21	22	23	24
25	26	27	28	29	30	31

09 SEPTEMBER
S	M	T	W	T	F	S
1	2	3	4	5	6	7
8	9	10	11	12	13	14
15	16	17	18	19	20	21
22	23	24	25	26	27	28
29	30					

10 OCTOBER
S	M	T	W	T	F	S
		1	2	3	4	5
6	7	8	9	10	11	12
13	14	15	16	17	18	19
20	21	22	23	24	25	26
27	28	29	30	31		

11 NOVEMBER
S	M	T	W	T	F	S
					1	2
3	4	5	6	7	8	9
10	11	12	13	14	15	16
17	18	19	20	21	22	23
24	25	26	27	28	29	30

12 DECEMBER
S	M	T	W	T	F	S
1	2	3	4	5	6	7
8	9	10	11	12	13	14
15	16	17	18	19	20	21
22	23	24	25	26	27	28
29	30	31				

1.

919室的灯是亮的。

因为这件事我跑进电梯急吼吼地按着关门键,心跳如擂地站在919的门口。小小的猫眼透着一线的暖色光亮,我站着舍不得走,敲了门后我才意识到自己冲动了。

门很快打开了,是个长发披肩的年轻女子,我们照面都是一愣。

"你是……"我们几乎同时发问。

"是谁呀?"一男声从里面传出来。

我心里莫名紧张,然后看见一个抱着小孩的男人走了过来,跟她站在了一起。

"我住在910,和这家认识,原来的住户……"我拉了长长的尾音。

"哦,我们刚搬过来没几天。"女子笑着说,"原来的房东没有见过呢,说是在国外。"

我点头应是,心里失而复得的一阵失落。遂站在门口与租客一家寒暄了几句,男子怀里的孩子两三岁年纪,正是圆润可爱的时候,脑袋上两个毛茸茸的小揪揪像是Wi-Fi一样。她扑闪着浓密睫毛吧唧着嘴,伸出肉嘟嘟的手想抓我挎包上的熊本熊公仔，我索性取了下来送给她玩。

女子有点不好意思地道谢，又说了几句我才和他们告别回了910。

真好，919的灯亮着呢。

不由得发出这句感叹之后，我才意识到自己有多好笑，竟然在不知不觉中把陆鸣窗口的灯光当作了一种寄托。只要它在归家的时候亮起来，只要那间919有点生机，我就会感到心安。

说是私心也好，说是热心邻居也好，之后在电梯里或者小区里碰见919的新租客，我都会主动上前打声招呼聊几句或者逗逗小朋友。我到底无法忽视曾经对陆鸣和919的情愫，我自说自话地把自己的身份变成"原住户的好朋友"。

和他们相处久了逐渐了解，女主人叫小莫，宝宝取名叫"点点"，老公在外企工作，她生了小孩后就全职在家带孩子，做些淘宝上的生意。由于刚刚搬过来，她经常会问些地理问题：菜场在哪里，哪里有饮水站，哪里有花店，或者是什么时候一起去理发店。

小莫一直在家，我下班没事会带些点心和小玩具去串门，一来二去也变成了常客，客厅里依旧挂着那幅外滩的画，我总会凝视许久，只觉那是陆鸣从不曾与旁人说过的故事。

我也旁敲侧击地问过，他们准备租多久。

小莫说签了一年的合同，缓冲一下至少等宝宝准备上小学了再搬去学区房。

一年……

最后一次见陆鸣的时候他说的"不知道"，原来至少要这么长。

我才明白他与我说的"走了",大概只是"回去了"。

在他的人生规划里,回国这件事,或许只是一个节点的支线,我可能只是一个经常会在这个支线出现的NPC。他终究是要拒绝NPC的挽留完成支线任务,回到主线情节上去的。

所以我很庆幸我默契地没有再去联系他,我很庆幸我没有每夜望着那细细密密的灯盏想着他。我没法一直想着他,他不是我火烧眉毛的生活。

这天晚上回来无事,在客厅陪点点看动画片。

"我收拾衣帽间的时候在隔层里找到了这个,貌似是房东的。"小莫抱着个盒子从卧室里走出来。

小莫在我身边坐下来,打开了盒子,里面是一沓沓的信件和明信片。她翻看了一下,自言自语道:"应该是房东家的。估计是搬家的时候落在这里了。"

我忍不住探过头去细看,信件上都是英文地址和邮戳,收件人是 Leo Lu。字迹是漂亮的花体,一看就是娟秀的女孩儿写的。三位数的信件码得整整齐齐,甚至连信封的角落里都有小字标记着时间,这是被精心整理过的。

天知道我是怎么忍住快要爆炸的好奇心的。

"只能在房东拿回去前好好寄存在你家啦。"我笑着说,而我的视线,很久都没有从那上面移开。

2.

难得天气好的周末,我在隐尘书店里看书,手机振了几下,我看是何阿姨的电话,匆匆躲到门外廊下接听。

她说有个不错的对象,感觉和我挺有缘分的,想安排与我见面。

我相对婉转地表达了不想参加之前那种拖家带口的相亲,何阿姨了然又歉然地笑着说:"之前是阿姨没有考虑周到,也没想到他们家这么重视,弄个那么大的阵仗,晓莉别往心里去。"

何阿姨开始介绍起这个人:"在银行工作,人挺老实的,各方面都不错,就是离过一次婚,有个孩子,年纪稍微大了点。"

我在长廊下反复踱着,漫不经心地问:"他的年纪?"

何阿姨那边沉默了一下,回答说:"四十八岁。"

我脚步停了,沉默地听何阿姨补充着:"年纪是差了些,不过年纪差距大一些的男人知道疼老婆,这个人何阿姨见过几次的,是个体贴细心的人,尤其烧菜也很拿手的。"

我只是在长廊下继续反复踱着,听她絮絮叨叨地说:"阿姨撮合过好几对差不多你们这样年龄差距的,都相处得很好,过得很幸福。实话实说,晓莉你现在的年纪有些尴尬,那些还不成熟的小年轻嘛你肯定觉得太幼稚孩子气,和你年纪差不多的男生么,说得难听点,还是喜欢年纪再轻一点的女孩子……"

我渐渐明白了何阿姨的意思,大概就是我现在的年纪,相应合理地已经不再是同龄的对象了。

我沉默了半天才跟何阿姨说:"阿姨,让我再想想吧,今晚回复您。"

叹气挂了电话,抬眼见有个人靠着廊柱看着我笑。

林善池,留着络腮胡扎着小辫子的林善池。

我在他的书房坐了下来,他煮着水在茶柜翻检,很熟络地问我:"太平猴魁还是竹叶青?"

"竹叶青吧。"我应了声,侧目看桌上几摞的文件,大概是他文章初稿的成册,红色水笔标记着修改备注。

他端着个修长的玻璃杯走来,煮水到蟹眼,他慢悠悠地给我斟茶。茶叶如针,耸立如林。

林善池在我对面坐下,套着件绣着仙鹤的棉质罩衫,在窗外澄澈日光的映照下,不像是个文人,更像是个道士。

"林大作家生活如此惬意,实在羡慕。"我揶揄着,"像是大隐隐于市的山中人。"

"装装×我还是本家。"林善池眨眨眼睛,笑容还是年少的。

"你和那位小姑娘还好吗?"我一时间没想起来她的名字。

他眨巴着眼睛,似乎是在回忆我说的是谁,恍然地回答:"分了小半年了,她出国了,异国第二个月就把我蹬了。我名正言顺继续开始相亲了。"

"真是长见识，林子大了，什么姑娘都有。就昨天，一个小姑娘，二十四五岁，个子不高，要求倒是挺高。"林善池喝了口茶，开始吐槽，"一开口就问我有没有一米八三，我说爹妈不给力，就给了我一米七八。那姑娘说，你太矮了，咱们别聊了。"

"我看她也就不到一米六，最多一米五八。没忍住回了句'我怎么好意思高你三十厘米'。那姑娘脸都青了，不过竟然没气走，跟我讲了半天她的择偶标准。什么要年薪三十万以上，家里要有房子的，备注房子要一百平以上，外环以内，房产证只有男方名字没有长辈名字的。什么要有四十万以上的车子，年纪不能太大的，三十岁最多。要长得帅，长得高，皮肤要白，眼睛要大，还要有胸肌腹肌人鱼线。要会烧菜会疼人，宠她黏她，专一体贴，最好不要谈过很多恋爱，也不要一次都没有谈过的。父母最好有当医生当老师的，身体要硬朗的，退休工资很充裕不需要孩子供。"他一口气说完，我都目瞪口呆了。

"我当时的表情跟你现在一模一样，我心里只有一句话，真有这种男神，人家凭啥看上你。"他哭笑不得地摇着头，"眼高手低到不行，想法简直梦幻。"

"最后还是被我气走了。我劝慰了句说，你这种标准啊，和你这样的自身条件啊，大概四十岁也找不到，四十岁以后呢，也就习惯了。也不管男生女生了，要求别人同时也该先看看自己配不配。"林善池无奈地摊手，"那姑娘拎着包气呼呼走了，我看她还踩着双'恨天高'，估计有没有一米五三都悬，你说找个那么高的干什么，考拉找树吗？"

说完，我们两个都笑起来了。

"你呢，还在相亲？"他话锋一转，挑眉问我。

我无奈点头，他语重心长地说："相亲的成功率太低了，功利心太重。就是'我跟你过日子不显得高攀你，也不被你占便宜'，这种结婚讲得俗一点就是等价交配。"

我深以为然，到底是文化人，说话就是一针见血，雅俗共赏。

他这番话让我差点忘记了，我们也是相亲认识的。

"哎别愁眉苦脸的了，你要是相亲到三十岁还嫁不出去，我给你托底还不行吗。"林善池看着我，半真半假地开着玩笑。

我凑近了点，盯着他的眼睛，对视了四秒后，我非常认真地说："好啊，反正再过四个月我就二十九岁了，我看你几率还是挺大的。小伙子，加油啊。"

林善池愣了愣，张牙舞爪地喊着："祝您明年成功嫁出去。"

我哈哈大笑，说道："借您吉言！"

他似乎有点不放心我能顺利在三十岁前完成指标，一直在问："要不我帮你介绍介绍？"

我笑着说算了，一个何阿姨已经让我有些招架不住了。

3.

何阿姨新介绍的男人，据说很厉害。

他在杭州的山谷中开了间文艺气息的民宿，平时喜欢绘画，甚至有些画展里也会出现他的名字。

"年纪呢？"我问何阿姨。

"三十五六岁，正是年轻有为成家立业的时候，而且没有过婚史。"何阿姨这么回答。

我应了声，何阿姨那边开始安排两人见面的时间，问我这个周四晚上有没有空，那个男人周五就要去杭州民宿过周末去了。

我又问时间地点，何阿姨说对方说女生定就行，她把联系方式给了我，让我们私下约。

姑姑在边上听着我们的对话，等我挂了电话，又是摇头又是叹息地说："你自己老大不小了，还问人家年纪。"

我是真怕做同龄人的后妈。

我和他约定在周四晚上公司附近的星巴克，大意就是喝杯咖啡的工夫。我已经没有那样一起吃火锅的闲心与时间接触相亲的对象了。

下班之后我在玻璃窗外张望了一会儿，然后发信息给他问:"你在哪,穿什么衣服?"

短信刚发送几秒,电话就打了过来,然后角落里的一个男人冲我招了招手。那人穿着驼色的风衣,利落的短发,高高的鼻梁和眉骨,眼窝幽深。即使坐着,我也能感觉到他很高。

我点头与他问好,在他面前坐了下来。

他伸出手,自我介绍道:"你好,我叫莫谷。"

"徐晓莉。"我与他握手,他手心很凉。

我有些局促地问:"等了很久?"

他笑笑,说:"刚来一会儿,不知道你喜欢喝什么,暂时买了杯美式。"

我道谢,垂眼见他手中的美式咖啡已经喝了一半。

莫谷挺健谈,聊着他山里的民宿,怎样的装修怎样的理念,讲到他花了半年时间自己一砖一瓦地设计装修,讲到可以看见远山日出的落地窗,讲到门前那两只布偶猫,又讲到遇见的有意思有故事的客人。

"就是去年年底,一对老夫妻来住宿,住在顶楼有一百八十度落地窗景观最好的房间,每天都在山里转一转,或者在我们的院子里喝茶看书逗逗猫,一住就是一个月。我有空就陪他们聊天,慢慢也成了朋友。"莫谷慢悠悠地讲着,"后来才知道,老太太以前是研究航天卫星的,老头子是个普通的人民教师,因为职业保密,老头子一直以为他妻子只是个普通的文职小干事。前几年消息解禁才知道原来她这么厉害。不过很快也得到了老太太的体检报告,说是肠癌,最多只有一年时间了。他们只有一个女儿,在国外定居,老太太也依旧做着保密工作,没有告诉她。老太太跟他商量不要去医院躺到离开。没过几天，老爷子就把房子卖了，揣着一辈子的积蓄陪她全国到处旅居，把以前年轻的时候想去没去的地方，都住了一遍。"

"不过那是七年前的事情。"莫谷抬头看了眼听着入神的我，"老太太跟我说，这年再去医院检查，医生说她能抱上重孙。是不是很神奇？"

莫谷语速慢悠悠的，语气也是闲散的，但讲的故事都很精彩，从他的民宿讲到他十年的旅居，从他的绘画讲到他画里的人，我听得入神，不觉间已经吃过两个蛋糕，喝过两杯咖啡，玻璃窗外街景霓虹起，夜色变得迷人。

他并没有问过我的事情，我也不好意思讲，相比而言我的人生简直是虚度。

我只是很好奇他为什么要相亲。

他是这么回答的："想安定下来，找个贤惠的老婆跟她讲故事，带她去以前走过的路，认识以前遇到的人。过去很荒唐，不想再从过去里找未来人了。"

这话说得真艺术。

如果我再小个三四岁，或许就无限动容了。

"我明天去杭州，你要是有兴趣，可以和我一起去，送你一百八十度的星空夜景看。"他眨了眨眼睛。

我虽然有点心动，但还是笑着婉拒了，并说有机会一定去，不用他请客，我去友情支持一下听起来就格调很高的民宿。

不知不觉已经九点多了，莫谷说送我回去，我想了想点头应好。

莫谷勾唇笑起来，起身帮我拎包，我这才看出他的身高，至少有一米九，倒三角的身材，一双细长的腿。

嘿，这家伙，比陆鸣都要高。

他开车将我送到小区楼下，一路上我们仍在聊天，心情始终挺轻松愉悦的，难得有这么聊得来的相亲对象，各方面也都不错。

他随我一起下了车，站在楼下往上看，欲言又止。我与他道别，约定有时间一定去他的民宿看一看，他冲我眨了眨眼睛，说道："刚才喝的咖啡有点多，可以借你家卫生间用一下吗？"

我愣了愣，有些踌躇，但心想那几杯咖啡的确是够呛的，人有三急也是不好意思且无奈的事情，便点头答应了。莫谷唇边荡起明显的笑意，伸手接过了我的包背着，做了个"请"的姿势。

我们一起进了大门，走到电梯间正巧遇见下楼拿好快递的小莫。她抱着大大的纸箱，笑着向我打招呼，目光上扬流转了一圈，朝我挤眼睛笑着问："你男朋友？"

我赶紧摇头，有些尴尬，也不好说是刚认识的相亲对象，只是笑着说："朋友。"说完瞄了眼正看着我的莫谷，又补了句，"好朋友。"

载着我们三人的电梯走得异常缓慢，我有意无意换了话题，问起了那箱陆鸣留下的东西。

"我跟房东联系过了，他说是挺重要的东西，让我们原地方安置着，有机会他回国拿。"小莫漫不经心地吐槽，"我本来想说既然是重要的东西，房东的家里人不是在国内嘛，可以帮他收着。但想着大概是私人信件，还是我们先收着吧。房东一直挺客气的,感觉人不错。"

"是挺好的。"我默默跟腔,心里却有些羡慕,至少他们还能偶有联系。

在房间门前,我与小莫道别,她挤挤眼睛,表情揶揄。我打开房门,请莫谷进来,一进门左手边就是卫生间,他换了鞋进去,我在厨房烧水,听见洗手台的水声,这才意识到深夜让初识的男人进家门,是不是有些不太好。

但是这声响,让我并不介意,相反心中生出些微妙的情绪。

我听见身后珠帘碰撞,扭头看见莫谷撩开厨房门口稀疏的水晶帘倚门立着。他个子很高,歪着脑袋看着我笑。

"路上注意安全。"我转身面向他站着,婉转地说再见,"谢谢你送我回来。"

莫谷却依旧唇边荡漾着浅笑静静地望着我,他眼睛深深,一言不发却意味深长。我被盯得心里有些毛,身后烧水壶里的水咕嘟嘟地滚着,我看着莫谷一步步缓缓走过来。

"真催着我走?"他语调温暾,带着些黏稠的尾音,厨房暖黄色的灯下他表情迷幻,显得有些暧昧。

厨房本身就小,人高马大的他几步走近,我几乎无处可站,说话间他已离我很近,甚至我的鼻息间已有他身上香水清冽的雪松气息。

莫谷的手不知道什么时候揽住了我的腰,手掌有力且温热。我脑袋发胀,耳边嗡鸣声不绝,心口也怦怦地跳着,我局促地低着头不敢看他。

他的手抚过我的锁骨停留在我的脖颈,指尖的电流带着轻微酥痒,我有点意乱。

心中闪过许多念头，在纠结该如何做的时候，身后的烧水壶开始发出凄厉的尖叫。就像是警告声，让我清醒。我很庆幸很久之前在娇娇"你是不是日剧看多了"的劝阻声中坚持买了鸣音烧水壶。

我借机默默地推开他，转身关火，一面淡淡说着："太晚了，我就不留客了。"

并非是我扭捏，或者我保守，而是我意识到莫谷的目的性和行动力实在太强，他是成年人之间简单粗暴又有效的交际方式，而我，貌似思想还停留在学生的校园恋爱中，我没法接受第一次见面的相亲对象就产生荷尔蒙的羁绊。

倒入保温杯里的水线弯弯曲曲，耳后听见珠帘晃动的声音，接着是门"砰"的关上的声音，我终于松了口气。

夜里和娇娇煲电话粥，我说起了这件事，她态度很硬，非常义正词严地骂："妈的，是不是个骗炮的啊？好多人打着相亲的旗号骗炮。"

"还是你有操守，干得漂亮，让这货知道相亲姑娘也不是想睡就睡的。"娇娇义愤填膺地说着。

"你在干吗？今夜不是要值班吗？"我忽然想起来。

"是啊，在休息室呢。发烧了，给自己输液呢。"娇娇若无其事地说，"一会儿邱胜屿过来送吃的，趁他没来前赶紧输完。"

半夜我好奇心盛，搜索了莫谷说的民宿，果然有他说的一百八十度的景观房，也有客人评价说店里那两只猫实在可爱，还有客人说客栈老板帅得飞起。然而我又搜到了一篇最近几年的新闻通讯稿，说该客栈老板莫某半夜打开客人的房门要流氓未遂，后商榷免住宿费了事，客人报警云云。

　　我暗想，难道真的是个骗炮的？管他呢，指间几个动作将莫谷的微信删去了。

4.

早上接到姑姑的电话,说她的阿姨昨夜去世了,也就是我的姨奶奶。她刚过完六十大寿很意外地查出来得了胰腺癌,不到一个月就走了。姑姑要回趟乡下过几天,她心情低落着唏嘘,生命太脆弱意外太多。

我的记忆里并没有姨奶奶的印象,但她大概是我屈指可数的亲戚。

我所有关于亲戚的故事都是听姑姑说的,听着也是唏嘘的苦难史。

她说我的外婆在生母亲的时候难产死了,外公终身未娶抚养母亲长大,在母亲嫁给父亲前跳湖救人牺牲了。母亲家外公外婆辈的亲属寥寥,也是三十年不曾联系的疏离。

父亲家姐妹多些,爷爷奶奶一共四个孩子,父亲老幺,是唯一的男孩,上面三个姐姐,最大的姐姐幼时生肺炎没有活到五岁,老二几年前跟着子女去了澳洲定居,最小的姐姐是我的姑姑。父母出事后,奶奶身体就一落千丈了,我三岁的时候她也去世了。

我小时候一直觉得,我们家族大概受到过诅咒,少年的时候开始猜疑是不是祖辈安睡的地方风水不好,现在暗叹姑姑或许因此少了许多路子和人脉帮我介绍对象。

我们家的人丁稀少到姑姑经常会叹惋担忧:"你以后结婚的话,咱们家亲戚连一桌都坐不了。谁挽着你走红地毯,我真怕你爷爷的老寒腿把自己都摔着。"

姑姑去乡下前,还不忘嘱咐我记得今晚的相亲。她说:"不知道是你老公先来看我还是你爸爸先来接我,你得抓紧的。"

何阿姨说这次是个文艺青年,在图书馆工作,工作清闲且稳定,会很顾家的,而且在市区弄堂里有个等着拆迁的房子。

我下班赴约,地点在长乐路的一家茶馆。它隐藏在一栋德式洋房的底楼,要不是数着门牌号,或许就这么错过了。茶馆入口的设计像是苏州园林,踏石过溪之后所见到的别有洞天,顷刻间觉得乱入了另一空间,像是要与浮华尘世隔离一晌茶的工夫。

和隐尘书店有一样的感觉,果真是个文艺青年挑的地方。

我心想这地方,陆鸣一定会喜欢。

那人在茶馆门口等我,大热天他穿得严严实实,浅灰色的棉麻长袖,裤管宽松,戴着眼镜蓄着薄薄的胡子。也就三十岁年纪,却看上去老成如民国时期的学者。

他看见我,点头问好:"徐晓莉?"

我应声,他面上也没有表情,也没自我介绍,转身进门。我跟着一路穿过屏风烛台的走廊,穿行到了室外。院子里池塘中几座圆形水上木质茶座,像水中浮萍,十分吸睛。他领我过去,请我坐下。

"你喜欢喝什么茶?"坐好后他问我。

"没有什么特别喜好。"我顿了顿,"客随主便。"

他招呼了人来，熟络地说："还是老样子，一壶太平猴魁。对了，加些小食点心。"

"你常来？"我打量着面瘫脸的他。

"嗯，他家的茶叶都是直接去茶山采，泡茶的水都是每晚从浙江安吉运过来的安吉山泉水，茶具也是在景德镇定制的青隅，很正宗。"他说完，想起什么，补了句，"对了，我叫赵元清，多多指教。"

茶艺师端着茶盘款款而来，长发素衣，眉眼温润长袍如仙。

我有点忐忑，毕竟是第一次来这么高逼格的地方，生怕显露出自己的浅陋。

"这太平猴魁是绿茶中的尖茶，是绿茶茶王。"赵元清向我款款介绍着，"两头尖尖，不散不翘，苍绿匀润，醇厚回甘，我很喜欢。"

我连连点头，反正我也听不懂。

茶叶在沸水里开花成朵，或悬或沉，很是好看。茶艺师在很漂亮的天青色茶杯里斟茶，汤色清绿明澈，淡淡茶香，的确好闻。

同时又端上了糕点小食和果盘，玲珑小碟里色彩点点，分外精致。午后的光落在茶杯里，茶色澄澈的镜面映着庭外斜逸的繁茂树叶，一茶一世界，果真如此。

我小心地问："真好看，我可以拍照吗？"

面瘫脸的赵元清点点头，我开始掏出手机拍照。

"让你破费了。"我不好意思地笑笑，看这架势，就知道价格不菲。

"不要紧的，相亲对象应该好好款待，来体验一下我的喜好。"赵元清如是说。

"你每次相亲都在这里？"我笑着问，心里却想，这岂不是很烧钱。

"第一次相亲。"赵元清面上难得显露出一些表情，他不好意思地笑笑，"并不想相亲很多次。"

"我已经不记得相亲了多少次了。"我自嘲笑笑。

赵元清眸光幽深，他若有所思地盯着我，却并没有说话。

我默默饮茶，姿态文静，这样至少尽量看起来不是暴殄天物。

"其实你大可不必再相亲了，你的正缘就是这两年，远近不超过半年就成了。"过了一会儿，赵元清幽幽地开口。

"嗯？正缘？"我愣了愣，抬头瞅着他。

"我会看些面相和阴阳，副业就是帮人占卜算事。"赵元清见我将信将疑，又盯着我看了一会儿，说道，"你是个很重感情、容易沉浸在过去走不出来的姑娘。可能这么说不好，但你六亲稀薄，命里就是父母不全，最近家里是不是有老人去世了？"

我被他说得起鸡皮疙瘩，头皮一阵发麻。

随后彻底信服，语气也变得恭敬万分："那你之前说的正缘？"

赵元清有些犹豫，兀自嘟囔着，"哎？我们正在相亲，帮你看缘分真的好吗？"

"这个……你可以看看咱们之间有没有缘分。"我虔诚地望着他。

赵元清抿着嘴，仔细地想想："算了，不能耽误你的正缘。你的正缘很强烈啊，感觉喜事不远。"

"真的假的……"我身子微微后倾，开始质疑赵元清的专业能力了。

"你把你生辰八字给我。"赵元清坐直身子，"相见就是有缘分，我帮你好好看看。"

"等等，这个相亲莫非是你副业的引流方式吧？"经过莫谷相亲骗炮的事情，我有些后怕。

一旁来添热水的服务员扑哧一声笑出声："你放心，赵老师可不是那样的人，赵老师是难得主动出山呢。我们想让他帮我们看，都说这说那含糊过去的。"

我说了出生年月，他默默地喝着茶，指尖在木质的桌面滑动推算着。我吃着果盘里的小番茄，屏息等着。

然后他说："是你认识不久的人，以前可能有过缘分，但是很模糊很不清晰，因为要紧事或者是必须要做的事情去了蛮远的地方，后来不了了之了。虽然现在不在身边，但是不久后就回来了。他一回来，你们的缘分就正式开始了。"

我脑海里有个人影浮现着，他靠着海边的栏杆望着远方，身影寂寥且萧瑟。

我心口怦怦地跳着，跟着问道："他什么时候回来？"

"事情结束了，自然会回来。"赵元清慢悠悠抿着茶，"不会让你等太久的。"

我依旧将信将疑，希望赵元清说的都是对的，可想到这一年的光景，又觉得大概不是我希望的那个人。

赵元清其他的也没再多说，他说这是我最重的心事，此事解惑，一切顺利。

不置可否的，我的内心真的安定了，忽然生出了些好的向往。有时候，有人求占问卜，倒不是真的因为要去窥破天机，而是想给自己一种念想，哪怕无缘实现，聊当劝慰。

我们放下相亲的心态和负担聊着茶叶和他的副业。

眼见夕阳落庭，院子里亮起几盏幽幽的灯，风也从水面生起。也差不多到了结束的时候，我借着去卫生间的工夫把单买了。

赵元清跟着出来，面瘫脸上有些无奈和不好意思："哪有让第一次见面的女生买单的道理。"

我笑着说："就当作给大师的卜金，有机会再来找你喝茶解惑。"

5.

相亲到一个占卜大师的事情跟娇娇说了后,她笑骂我傻:"你个笨蛋,真的还是天真无邪的小女孩啊。既然是相亲对象,他总归会在媒人那里知道一些你的消息啊,家里几口人啊,家里有什么事啊,工作啊,性格啊。这些说说你就信了。要我说,什么占卜都是幌子,碰到喜欢的就说咱俩是宿命,不喜欢的就说你的缘分不是我。"

娇娇说的也不无道理,但赵元清的话一直在脑海里转着。

夜里翻来覆去睡不着,我刷着手机里存着的照片,看到那普陀的海面,角落里有个高挑的人影,这才是当初拍这张照片的主要目的。

凌晨一点,心里的矫情劲儿和玻璃心开始作祟,我在朋友圈里发了那张海面的照片,附文写道:"向神明许愿,是因为心里明白这些都不会轻易实现。所以心里的那些绮念,一旦化成形状生于口唇,到底都是无妄的。"

时隔将近两个月,再一次看到陆鸣的名字在手机里显现,是他对这条朋友圈的点赞。

十月，你在海上，我在海下

01 JANUARY

S	M	T	W	T	F	S
		1	2	3	4	5	6
7	8	9	10	11	12	13
14	15	16	17	18	19	20
21	22	23	24	25	26	27
28	29	30	31			

02 FEBRUARY

S	M	T	W	T	F	S
				1	2	3
4	5	6	7	8	9	10
11	12	13	14	15	16	17
18	19	20	21	22	23	24
25	26	27	28			

03 MARCH

S	M	T	W	T	F	S
				1	2	3
4	5	6	7	8	9	10
11	12	13	14	15	16	17
18	19	20	21	22	23	24
25	26	27	28	29	30	31

04 APRIL

S	M	T	W	T	F	S
1	2	3	4	5	6	7
8	9	10	11	12	13	14
15	16	17	18	19	20	21
22	23	24	25	26	27	28
29	30					

05 MAY

S	M	T	W	T	F	S
		1	2	3	4	5
6	7	8	9	10	11	12
13	14	15	16	17	18	19
20	21	22	23	24	25	26
27	28	29	30	31		

06 JUNE

S	M	T	W	T	F	S
					1	2
3	4	5	6	7	8	9
10	11	12	13	14	15	16
17	18	19	20	21	22	23
24	25	26	27	28	29	30

07 JULY

S	M	T	W	T	F	S
1	2	3	4	5	6	7
8	9	10	11	12	13	14
15	16	17	18	19	20	21
22	23	24	25	26	27	28
29	30	31				

08 AUGUST

S	M	T	W	T	F	S
			1	2	3	4
5	6	7	8	9	10	11
12	13	14	15	16	17	18
19	20	21	22	23	24	25
26	27	28	29	30	31	

09 SEPTEMBER

S	M	T	W	T	F	S
						1
2	3	4	5	6	7	8
9	10	11	12	13	14	15
16	17	18	19	20	21	22
23	24	25	26	27	28	29
30						

10 OCTOBER

S	M	T	W	T	F	S
	1	2	3	4	5	6
7	8	9	10	11	12	13
14	15	16	17	18	19	20
21	22	23	24	25	26	27
28	29	30	31			

11 NOVEMBER

S	M	T	W	T	F	S
				1	2	3
4	5	6	7	8	9	10
11	12	13	14	15	16	17
18	19	20	21	22	23	24
25	26	27	28	29	30	

12 DECEMBER

S	M	T	W	T	F	S
						1
2	3	4	5	6	7	8
9	10	11	12	13	14	15
16	17	18	19	20	21	22
23	24	25	26	27	28	29
30	31					

4.

本该兴奋欣喜的,但是我五味杂陈。耳朵在烧,心跳如擂,突然有些心虚,拐弯抹角地念叨着他,却被当事人点赞了?

他这是看懂了?还是随心点赞?他这么聪明的人,不可能看不懂……

我捉摸不透他的心思,开始变得有些恼羞成怒了,恨不得眼不见为净!

然而最后却怂到不舍得删掉这条他难得点赞的状态。

"嗨,好久不联系,最近好吗?长假第一天,有好多出游计划,但是都败给了people mountain people sea。"我在他的对话框里绞尽脑汁地编辑着话题,对,徐晓莉,你就是这么贼心不死。

我左思右想修改了很久,想着怎么才能让这段沉寂很久之后的心思复苏得不是那么刻意明显。

但是这段信息最后并没有发出去,或许是我怯弱又犯了,或许是我知道这是无用功,因为我看到了陆鸣的朋友圈更新。

"一年零三个月后再次见你。"他这么写着。

配的照片是他手中一束娇艳欲滴的红玫瑰,花瓣上犹带水珠,在阳光下闪着光,就这么猝不及防地刺了我的眼。

他去赴约了，应该是个久别的人。红玫瑰，应该是心上的人。

在我印象中始终淡如水的陆鸣，原来也会用这样艳丽且热情的方式。

我忽然意识到，自己是有多愚蠢，竟真的相信了赵元清诓我的话，春风吹又生了本该斩草除根的念想。我大概是心太大了吧，从来都没有和他有过牵绊着两个人的爱恋，却生出了强烈的失恋与失去的感伤来。

我曾天真地以为，我们的距离不过是这栋楼的几道墙，不过是一张书桌的两端，不过是海边的几缕风，我们曾无言地心意交融过。但我现在才明白，我们隔着一道有几万里的屏幕，我们隔着各自喜怒的时光，我们隔着一片海，他在海上，我在海下。

心里一点点春风吹又生的火苗，掐灭了。

我与娇娇说，我这次要放下他好好相亲了。

娇娇却冷哼，一模一样的话你上个礼拜刚刚说过。

最后一次了，最后一次了，最后一次了，我这么跟自己说了三遍。

然后我要开始准备下一场的相亲，何阿姨跟我很郑重地说过，这个人是奔着结婚去的，很真诚。

她难得非常信心地在相亲之前就把这个人的全部资料给了我看。照片里打扮得体、眉清目秀的样子，在金融行业也是小有成就，爷爷辈在战场上拿过功勋章，父母都是政府人员，根正苗红，各方面都很好。

姑姑看了后，也连连点头，忽然想起什么说道："这孩子的眉眼看着怎么这么眼熟，有点像那个谁，那个陆阿姨家的儿子。"

我默默睇了眼，心想着长得才没有陆鸣顺眼呢。

在姑姑的监督下，我很慎重细心地准备着这场相亲，她甚至陪着我去做了头发，又帮我挑选了一套新衣服、鞋子和首饰，我用了半个月的薪水置办了这些，肉疼不已，姑姑却很满意地从上到下打量着我，笑着说："我有一种预感，这将会是你的最后一次相亲。"

我们约在繁华热闹的商圈，我在约定的餐厅落地窗边坐下来没多久，收到对方的信息，说路上发生了些小擦撞，可能需要稍微迟点。

我点了杯饮料自己喝着，窗外淅淅沥沥下着雨，手机震了下，竟然是很久不见的顾松竹的短信。

"晓莉你在干吗呢？"他这么问。

"在外面，怎么了？"

"我回国啦，什么时候吃个饭啊。"他很快又追加了句，"现在有空吗，你在哪我直接来找你。"

"这个……现在有点不方便，改天再约吧。"我默默打着字。

"你在干吗？"顾松竹短信里有点打破砂锅问到底的势头。

"……相亲。"实在无奈，我拿出了这个撒手锏。

果真再没有短信过来了。

又过了一刻钟，对方的电话打来了，声音带着喘息，说已经到了餐厅门口，问哪个是我。

门口有人在往里张望,我伸着脖子挥了挥手。坐下来的男子一身整洁的白衬衫,带着考究的配饰,头发也一丝不苟地梳着,他推了推细框眼镜,很不好意思地道着歉:"对不起,迟到了。"

"我是丁俊,幸会。初次见面,多有不周。"他很客套且郑重地向我问好。

"徐晓莉。"我站起身与他握手,他的手出乎意料地细软。

"小擦撞没事吧?"我看着翻看菜单的丁俊,他的眉眼与陆鸣真的有几分相像。

"没事的,已经解决好了。"他勾唇一笑,笑容极为温暖。

丁俊喊了服务员来,点了个套餐,然后菜单给了我,笑问:"你吃什么?"

我粗略看了眼,随便点了份面。

他看见我面前空掉的饮料杯,很歉然地说:"真是抱歉让你等了这么久,这杯饮料我请吧。"

餐食上来后我们开始聊天,无非是一些惯例的相亲问答。

不过他的故事比较丰富且细碎,从爷爷辈的战场生活到父母间择菜时的戏言,再到陪他一个要好的女性朋友去手撕小三云云。

恍惚间面前坐着喜欢叨叨念的娇娇。

"对了,你英语水平怎么样啊?四六级都是多少分?"丁俊忽然问我,见我诧异,又笑着解释,"是这样的,我经常会出国,如果结婚的话,有可能要带着夫人出席一些场合的,所以在语言方面,可能还有一些要求。"

"你会做饭做家务吗?我母亲观念还是比较老旧的,觉得儿媳妇就应该是贤惠理家的，如果这方面也没什么问题，就是最好了。"丁俊推了推眼镜。

"你会介意我不是经常回家吗？有时候工作挺忙的，可能还会经常出差，但如果有时间我一定尽可能陪你。"

"我……"

"这个……"

"嗯……"

丁俊一个个问题让我接得很吃力。

"虽然接触不久，但我觉得你是个适合结婚的人，面相也是我母亲喜欢的。"丁俊依旧浅笑着，"如果你愿意，我跟父母说下让他们准备下，过几天等你有空了，我们一起吃个饭。"

等等，这是见家长了？

"你很着急结婚？"我忍不住问他。

"嗯……也不是，只是家里催得紧，天天念咒一样叨叨着。我也不想让父母失望，也不想违逆他们的意思，至少要给个交代，合适的时间有适合结婚的人，未免不可。当然，要在对方愿意的前提下，我非常尊重女性，我觉得男性女性的地位是一样的。"丁俊如是说。

我心里却翻涌起波涛，觉得这件事情非常奇怪。按理说这个丁俊各方面条件都不差，身边不乏喜欢的姑娘，怎么可能这么着急相亲随便拉个人就结婚。而且他这番话，我听着心里又觉得怪怪的，就像他越是强调尊重和平等，我越难免想他内心是否一直有什么偏见。

"我父母都是知识分子，待人很好，如果我们结婚，对你照顾一定也会很好的。如果你有什么要求或者想法，他们一定会帮助的。如果你想要个孩子，这个也可以，不过……"丁俊接着往下说。

"等等，等等。"我赶紧打断了他的话，确认着问，"你只是想结婚对吗？算作对父母的交代？"

丁俊喉结滑动，似乎想说什么，但最后只斩钉截铁说了个："是。"

"你有什么难言之隐吗？你若有话就明说，别把我蒙在鼓里。"我这么说，我心中早断定，他有问题。

丁俊深深地看着我，城市的灯光透过水雾的玻璃模糊落在他的脸庞上，他的眼神闪烁而不定。就这样相视静默了很久，我开始意识到自己好像咄咄逼人地多话了，他缓缓开口道："其实我有爱人，我们从十八岁就在一起了，现在也有十四年了。只是他注定无法被我父母这样的家庭接受。所以我对结婚这件事，没有太多个人意愿，只要没有本质问题可以在一起生活，父母喜欢就行。我母亲看了你的照片说挺喜欢的，观察了下你的家庭，也觉得都是小问题。她既然对我提出这样的要求，所以我没有太多反对。"

我暗暗吸了一口凉气，身子无意识地往后倾了些。

我明白了丁俊的意思。他的爱人，恐怕也是个他。

他大概没有看出我的尴尬，继续说道："其实仔细想想，这样也挺好，我结婚给父母满意的交代，你也可以得到一个稳定优渥的家庭，你若想要孩子，我们也是可以商量的。这是双赢。"

他的眼神诚挚到纯良无害，让我蠢蠢欲动的巴掌实在扇不上去。

其实一开始,我还对他充满了同情,毕竟很多的家庭无法理解他的爱情。但这个"双赢说"一出来,我忽然开始同情他的"合作伙伴",比如说我。他就这样无端把走进他婚姻外壳的女性物质化了。说到底,还是不尊重吧。

我心中巨浪蔽日,怒极反笑:"谢谢你的坦诚,不过这个双赢对我没有任何吸引力,我并不需要这样的婚姻。即使我每个礼拜都在相亲,我也不会为了结婚而结婚。"

说完我只感觉我紧紧扣在椅把上的手指都在发抖。

丁俊依旧是带着笑的,他点了点头,很真诚地说:"我明白了,是我唐突了。"

多说无益,时间也不早了,我主动提出了结束今天的见面。

丁俊叫来了服务员买单,他看了眼菜单,又看了眼我,认真地说:"之前说过的,你的饮料我来请。还有六十六块的意面和蘑菇汤,你现金还是手机转账给我?"

我一时以为我没听清楚,眼见服务员也莫名其妙地盯着他,又别具深意地望着我,等着我的动作。

我默默从钱包里掏出两张百元大钞推到他面前,笑得温柔:"这顿我请了,祝你们排除万难,修成正果。"

丁俊还想说什么,我提包拔腿就走。我真的一刻都不想多待,一句话都不想再说。我徐晓莉还不至于沦落到形婚的地步,我还不至于为了结婚而结婚。

2.

就这么怀着暴怒且自怜的心情，我走出了商厦。外面淅淅沥沥的雨依旧下着，我忽然想起来我的伞还在餐厅店门口挂着。但我实在不想再回头，万一迎面撞到丁俊，这实在是太难堪了。

雨水溅落在我新买的羊皮鞋面上，斜风细雨往身上扑。我往后退了几步，躲在门檐下避雨。我懊悔着自己为什么要为了这场相亲花那么多的心思，我的盛装打扮就是为了这场暴击般的羞辱吗？

"送你回家？"我垂头整理衣裙的时候，听到一腔温润的声音在头顶响起。

循声抬头，却见到了一个没有想到会出现在这里的人。

顾松竹。

他撑着把深色的大伞站在我的跟前，他的神情藏在伞下阴影里看不真切。

"好久不见。"我酸着鼻子扯了扯嘴角，知道这个笑容比哭还难看。

下一秒果然没熬住，直接拿脑门狠狠撞到他肩膀上，也顾不得疼就开始默默噼里啪啦地掉眼泪。

顾松竹估计被我吓到了,连忙单手扶住我的胳膊低头问:"怎么了,怎么了?"

"你别说话,帮我挡下就行。"我一面掉眼泪一面抽抽着说。

"是不是那个娘娘腔欺负你了?"顾松竹又问。

"什么娘娘腔。"我抹了抹眼睛站直,手背都是花掉的眼线。

"就是你说相亲那个,gay里gay气的。"他一面说,一面递给我湿巾纸。

"你怎么知道的?"我有点惊奇,低头偷偷擦着眼睛周围,估计现在这么一抹跟熊猫眼差不多。

顾松竹拉着我往外面走了几步,指了指上面。我仰头看过去,这个位置正好能看见刚才餐厅的落地窗,我方才坐的位子就在眼前。

他浅灰色的裤子膝盖以下都被雨水打湿成深灰色,像是在雨里站了很久的样子。我心想不会是在这边站很久了?

"给你打电话的时候是因为瞧见你了,本来想直接上去找你,看你不方便就在这等你,万一相亲不顺利什么的,或者碰到什么奇怪的人,可以去救个驾。"顾松竹耸肩笑笑,"看来不太顺利。"

我无声默认。

"走吧,别在这儿傻站着了,你怎么下雨天也不带伞,是不是小心机找机会让相亲对象送你回去?"他说着,虚扶着我一起下了台阶往街边走。

"还好不太顺利,不然没我什么事了。"顾松竹又说,然后帮我打开车门。

我皱了皱眉头,轻声抱怨着:"你话真多……"

"这不是半年不见,囤了不少的话。"顾松竹眨眼笑着,笑得格外开心,"最后再补一句,你今天真漂亮。"

说罢,他帮我关上了车门。

顾松竹还记得我家的地址,他轻车熟路地上了高架,打开了音乐,放的是五月天的《温柔》。

他不再说话,专心地开车。

雨刷左摆右摆着将雨幕里的夜色水雾抹开,车里淡淡的栀子熏香,整个人都放松了下来。我心里依旧想着丁俊的事情,这对我无疑是一场震撼心灵的质问,我相亲的目的是什么,是为了急功近利地赶紧结婚,还是为了找一个彼此喜欢的人。或许相亲里为了前者的多,或者潜移默化为了前者,但我不愿意为了结婚而结婚。

虽然不知道婚姻是怎样的,但我很清楚,没有感情的婚姻是怎样的。

大概就像丁俊说的,算是个交代。这交代给谁呢,给自己吗?

我明白自己已经陷入了相亲的怪圈里,明明是不愿意去相亲的,也不相信能相亲到什么人的,也明明是排斥这件事的,但是又一次次对相亲抱以希望和期待。不愿意屈从相亲的大流,找个人随便搭伙凑合地过日子,也真的没办法摆脱这件事。

"在想什么?"车开进了小区里,顾松竹开口问我,"心事重重的。"

"在想相亲的那些破事儿。"我如实回答着。

"那就不相了呗。"顾松竹打着方向盘，"这一年你都在相亲，有没有相到什么还不错的？"

陆鸣。

我心里回答了一下，然后摇了摇头："都是奇葩，奇葩到可以写本书了。"

"照我说，与其相亲一百个，不如有质量地谈一个。"顾松竹把车停在了楼下。

"这个道理我自然知道。"我无奈耸肩，准备拿包开门，意识到车门锁着，便等着他开锁。

"晓莉。"顾松竹沉默了几秒钟，扭头看向我，目光沉然，"不如我们谈谈看。"

"嗯？"我一时没反应过来，侧眸望过去正对上顾松竹的眼睛。潮湿的空气里，极近的距离里，他眼睛里有个我。

"不要再相亲了，跟我在一起。"夜里的光影被雨刷忽明忽暗地投影在顾松竹的脸上，他面不改色地说着。

"你认真的？"我忍不住捂着狂跳的心口，脑袋有点重。

"其实没见你的时候，就一直听娇娇说起你。见了面之后，我觉得你比娇娇说的还要好。只是之前时机不太对，你不像我了解你那样了解我，我出国的时候一直很忐忑你会不会在这期间已经解决了终身大事。"顾松竹说着说着笑起来了，"今天早上飞机落地的时候我还在纠结，要不要联系你，和你商量商量，把我当作一个相亲对象聊聊。落地后打开手机，收到你发过来的短信，就一个字：'好'。当时觉得，或许我应该来主动找你，反正你已经回答我了。"

什么情况？

我脑子里飞快回顾了一下,哭笑不得地说:"这也算?"

顾松竹眨眨眼睛:"总要给自己一些怂恿的理由不是?"

音乐声停了,安静且狭小的空间里,听见雨刷刷蹭玻璃发出的声响,听见雨水打在车盖上的声响,听见他细微的鼻息,还有我的心跳。

我的耳朵一定红了。

这样的场面,大概有八九年我不曾体会过了。

"我……"顾松竹的眼睛又黑又亮,影影绰绰闪着星光。我脑子空荡荡的,思路杂乱。说不动心是假的,只是来得太突然,让我开始怀疑这一切的真实性。

车窗被强有力地敲打这几下,打破了车内逐渐升温的气氛。

顾松竹开了一半的窗,穿着雨衣的保安探着脑袋喊:"这里不能停车的,你们要么把车开去车库,要么开走,怎么能在这里挡着路?"

顾松竹赶紧与保安道歉了一番,趁着窗外漏进来的冷风和新鲜空气,我慢慢平复了下来。

"给我一点考虑时间吧。我今天大起大落比较不冷静,我想冷静下来,认真地回答你。"我又补了句,"尽快。"

顾松竹勾起唇角温柔浅笑,伸手摸了摸我的脑袋,语气温柔得像三月樱花:"好。"

我心口快要爆炸了,匆匆和他告别逃进了楼道,我怕再待一会儿,我就要跟着他回医院被抢救了。快三十岁的人了,竟然还被摸头杀,关键是我并不排斥。

我只是有些愧不敢当。

我上了楼,鞋也没换就跑去拉开窗帘往楼下望。

顾松竹的车还在,他开着车窗,探着脑袋仰头望向我,朝我挥了挥手,这才掉头离开。

我目送着他离开,心里涨满着这初秋的雨水,一半温柔一半惆怅。

而后我蓦地想起赵元清的那番说辞,莫非他说的正缘就是顾松竹?细想一下,所有条件几乎都吻合,今年认识的,暂时不在身边的,一回来就有结果的。大概只是我会错意了,一心奔着心里的人临摹成陆鸣的样子。

无论如何我不想再相亲了,我想谈恋爱。

几天之后,我收到了来自丁俊的快递,里面一些零钱,和一张便签,写着:"吃饭的时候你多给了这些。明算账,绝不占你的便宜。还是朋友,有事可以找我。"

真是极品。

我默默念叨着。

3.

娇娇说她要结婚了。

告诉我这个消息的第二天,她就在朋友圈里晒了两张红艳艳的结婚证。

第三天她问我,什么时候有空陪她去看婚纱。

虽然深切体会到娇娇和邱胜屿恋爱的这大半年里的确甜蜜腻歪,也一直在旁敲侧击着什么时候结婚。但这突然的结婚,还是又意外又惊喜。

娇娇有点脸红地说:"我怀孕了,前几天去医院检查,说已经六周了。"

"邱胜屿知道的第二天,非要拉我去坐摩天轮,然后晃晃悠悠地跟我求婚了。"娇娇给我看了中指上的戒指,笑眼温柔,"我们刚在一起的时候,我就说摩天轮真好啊,很适合求婚啊。我们上去之前我就有感召,是不是要跟我求婚了。但还得做出很惊喜的样子。不过他说会好好照顾我们娘俩儿的,这话我之前没想过,还是忍不住热泪了一下。然后跟你说完第二天我们就去领证啦。有点突然,不过顺势提早些时候结婚也挺好。我想着十二月就办婚礼吧,再晚的话,穿婚纱就看得出来了。老娘这一尺八的腰身,真是过一天少一天。"

"原本跟我家老邱讨论过酒席的事情,看中了一家酒店的教堂和大草坪,他还去专门问过,说是要提前预订的。我们本来计划顺利的话后年结婚,明年订后年的酒席就行。我就看中了这家,这几天老邱在去问,找人帮忙插个队。"

娇娇抱着公仔蜷缩在我的小沙发上,细细碎碎地念叨着:"我想要个女儿,长得漂漂亮亮的跟我一样,多好啊。"

我在厨房帮她削苹果,笑着打岔:"那是个儿子怎么办?"

"嗯……塞回去重新生。"娇娇说完,先把自己逗笑了。

娇娇长发披肩,素颜娴静,大片大片的阳光静静淌下来流落在她棉布的白裙上,美得就像一幅画。

她忽然问我:"我学长回国了有没有联系你?"

我端着苹果块出来,坐在她的身边,轻轻点了点头:"我们已经见过面了。"

"哎哟?动作挺快的啊。"娇娇语气上扬,拍了拍我的肩膀,"徐同志,怎么样,好好考虑考虑吧,我学长多好的人啊,长得帅工作好,前科干净,对你也有意思。当年追他的人能从教学楼排到食堂,要不是我现在有孩子他爹了是吧,我也要凑凑热闹,顾学长也算是我当年唯一没有征服的高峰啊。"

我嗔怪地望着她:"说话没正经。"

"我这不是劝你的么,赶紧抓住眼前人。我等着你赶紧结婚生孩子,跟我结娃娃亲。"娇娇如是说。

"要是咱俩都生女儿,都生儿子呢?"我故意闹她。

娇娇眼珠转了转,耸肩说道:"我觉得搞基或者蕾丝边也没什么啊,我们都是开明的家长,你觉得呢?"

我们俩哈哈笑的时候,门铃响了,我跑过去开门,邱胜屿探个脑袋，莫名有点羞涩："我来接她，下午去医院检查。"

我回头喊娇娇，她却不在沙发上，光着脚跑到厨房一面翻来翻去一面叨念着："有没有老干妈？苹果没有一点味道。"

邱胜屿黑着脸换鞋进来，大步走过去一把将娇娇公主抱起来放回沙发上，低声说着："怎么能光脚到处跑呢。"

娇娇盈盈地笑着，亲亲热热喊了声："孩子爸你来啦。"

然后环着他的脖子吧唧亲了口。

我倚在门边轻轻咳嗽了声，意思是可别喂狗粮了。

邱胜屿弯身帮她穿好鞋，小心翼翼扶着她走到门口，娇娇与我挥手告别。我目送他们到电梯口，那依偎在一起的身影着实甜蜜温馨。

真好，恋爱真的美好。

我打心底羡慕她，我大概从未有此刻这样渴望着恋爱，那种全身心的恋爱。

4.

我恋爱了。

在距离和顾松竹见面的一个礼拜后,我主动约他一起吃顿饭。

没有太多的赘述和表白,只是看电影的时候他默默牵住了我的手,我没有动静,一直到晚上道别都没有分开过。

这天是十月十号。

顾松竹说,今天是个圆满的日子。

我想我终究还是幸运的,在无数次的相亲失败之后,能在二十八岁这年,在一个何阿姨嘴里"已经没有挑拣资格的年纪"遇到像顾松竹这样的男人,这简直就是可遇不可求的事情。

我不知道这件事的促成,有没有外部环境的刺激和对再这么单身下去的恐惧,但是我能深刻体会到,和顾松竹在一起是件很好的事情。

独处惯了的我,生活中正式多了这么一个角色,心中始终涨满着只有初夏才有的温柔,很多细碎的小心情都可以有人分享了。

"今天路过咖啡店看见门口睡了只小奶猫。"

"晚上又要加班了。"

"电视剧里那个男二号，真的好虐心。"

很多只会叨叨念给自己的心情，变成了我们日常交流的小话题，由此扩展开来，便能聊到深夜直到他催促我睡觉。

顾松竹一贯细心体贴，他会每天早上说早安，当人工天气预报和穿衣指南。中午会当膳食营养分析师，闲散的时候分享一些彼此的细碎事情。只要他不值班，公司门口一定有他等着我的身影，一起去吃饭看看电影，然后把我安全送到家。他忙的时候，我会去他医院值班室等着，和他在医院的食堂吃顿饭。他的朋友同事过来打趣，他会笑着介绍："这是我的女朋友。"

从始至终他都是绅士且贴心的，我忽然有种春回大地和相见恨晚的感觉。何至于在那段海上海下的单相思虐恋中抹着眼泪。

我跟自己这么说。

徐晓莉你真是个绿茶婊，还说放不下放不下，结果转眼就跟别人在一起了。

我这么骂着自己。

关于我恋爱的事情，也是同事们之间的大新闻。

当一个两个人都在公司楼下看到一个风华正茂长相俊朗的帅哥接我下班吃饭，当每周一都有顾松竹订的花送到我的办公桌，当我再不用接到长辈安排下班去相亲的电话，自然成了八卦之魂燃烧的中心。八卦标题大概为"大龄女青年的励志故事"、"相亲中的战斗机终于不用跟我调休去相亲了"、"好端端的一个帅哥年纪轻轻就瞎了"……

每当同事们说"你男朋友好帅啊"、"要是找到这么好的男朋友，单身几年又何妨"诸如此类的话，内心的虚荣心满足感，难免还是有的。

我很感激顾松竹的出现，他就像是我在溺水时手边的浮木，在我对恋爱和相亲都感到从未有过的绝望时，像天神一样降临身边，将我从苦海里解脱出来。

娇娇开心地说，终于可以couple date了，等了那么多年，可算等到了两对情侣一起出门约会的时候。

她又问我，喜欢顾松竹什么。

我想了很久，只回答，他什么都好。

十月的最后一个礼拜，顾松竹难得双休，他问我有什么计划，我苦笑着说，凡是上映的电影我们都看完了，还有什么活动呢？

"一起去看你姑姑吧，"顾松竹眨了眨眼睛，"好久没有见过她老人家了，除去融洽的医患关系，作为亲眷小辈，我还没有正式拜访过呢。"

这天大早上姑姑就开始问我顾松竹喜欢吃些什么，其实对于这个问题我也不甚清楚。我编辑着信息去问他，门铃已经响了。顾松竹站在门口，一手提着礼物，一手拎着新鲜的蔬果食材。

我看了眼时间，才十点不到。

我嗔怪地看着他，低声说："怎么这么早就来了？"

"还能麻烦你和姑姑帮我做饭，当然我下厨，提早去市场买些菜呗。"顾松竹笑眼如柳叶。

姑姑跑过来接过他手里的东西，笑盈盈地就抱上去了："顾医生好久不见啊！"

"姑姑,喊我小顾就行了。"他看了我一眼,"我买了你喜欢的排骨,怎么烧,给你糖醋?"

我笑着点头,姑姑和顾松竹互相寒暄推脱了一番,最后午餐劳动分配是顾松竹主厨,姑姑洗菜,我来打下手。

其实我原来并不爱吃糖醋排骨,只是因为曾经听陆母说她儿子最爱吃的就是糖醋排骨,自此对这道菜有了别样的感情,难言欢喜,却很亲近。

每次只要菜单里有,一定是我的必点菜品。

一来二去,在顾松竹的印象里,这糖醋排骨成了我的喜好。

之前我只知道顾松竹会做饭,他大学实习的时候自己在医院附近租房住,一日三餐都是自己解决。但我却没想到他的厨艺如此之好,不过一个小时,两荤三素一汤,色香味俱全,卖相格外地好。尤其是那道糖醋排骨,平日里不吃主食的姑姑也食指大动,为了它连添了两碗米饭。

作为医生,他又如此谙熟膳食养生之道,荤素搭配,少油少盐,一场健康讲堂也绘声绘色地持续着。

两人围绕我的幼年趣事谈笑风生,他从姑姑那边挖到了不少喜好习惯。

这场见面格外地温馨快乐,我知道姑姑一开始就很喜欢顾松竹,再看她看顾松竹的眼神,那目光温柔如水,看我都不带这样的慈眉善目。

我知道她是越看越欢喜。

"我们家晓莉,是个好孩子,就是有时候内向纠结被动了些,你多多照顾。"姑姑开始交代,"你们好好相处,有什么事情就跟姑姑说,要是她跟你吵架了,你也跟姑姑说,姑姑帮你主持公道。"

"你这话说得,像我会欺负他一样。"我哭笑不得。

"小顾是个好孩子,一看就不会欺负你,最多被你欺负。"姑姑如是说。

顾松竹笑眼瞧着我,唇边荡着三月的春光。

我忍不住跟着笑了起来,嘴上念叨着:"我保证不会让他跑到您这里来找您评理。"

说完我唇边的笑意却不动声色地僵住了,这口气像极了以前陆鸣曾经跟陆母说的话。

所幸这欢愉的气氛里,没人注意到我眼角闪过的那一分晃神。

十一月，我望见了十二月

01 JANUARY

S	M	T	W	T	F	S
		1	2	3	4	5
7	8	9	10	11	12	13
14	15	16	17	18	19	20
21	22	23	24	25	26	27
28	29	30	31			

02 FEBRUARY

S	M	T	W	T	F	S
				1	2	3
4	5	6	7	8	9	10
11	12	13	14	15	16	17
18	19	20	21	22	23	24
25	26	27	28			

03 MARCH

S	M	T	W	T	F	S
				1	2	3
4	5	6	7	8	9	10
11	12	13	14	15	16	17
18	19	20	21	22	23	24
25	26	27	28	29	30	31

04 APRIL

S	M	T	W	T	F	S
1	2	3	4	5	6	7
8	9	10	11	12	13	14
15	16	17	18	19	20	21
22	23	24	25	26	27	28
29	30					

05 MAY

S	M	T	W	T	F	S
		1	2	3	4	5
6	7	8	9	10	11	12
13	14	15	16	17	18	19
20	21	22	23	24	25	26
27	28	29	30	31		

06 JUNE

S	M	T	W	T	F	S
					1	2
3	4	5	6	7	8	9
10	11	12	13	14	15	16
17	18	19	20	21	22	23
24	25	26	27	28	29	30

07 JULY

S	M	T	W	T	F	S
1	2	3	4	5	6	7
8	9	10	11	12	13	14
15	16	17	18	19	20	21
22	23	24	25	26	27	28
29	30	31				

08 AUGUST

S	M	T	W	T	F	S
			1	2	3	4
5	6	7	8	9	10	11
12	13	14	15	16	17	18
19	20	21	22	23	24	25
26	27	28	29	30	31	

09 SEPTEMBER

S	M	T	W	T	F	S
						1
2	3	4	5	6	7	8
9	10	11	12	13	14	15
16	17	18	19	20	21	22
23	24	25	26	27	28	29
30						

10 OCTOBER

S	M	T	W	T	F	S
	1	2	3	4	5	6
7	8	9	10	11	12	13
14	15	16	17	18	19	20
21	22	23	24	25	26	27
28	29	30	31			

11 NOVEMBER

S	M	T	W	T	F	S
				1	2	3
4	5	6	7	8	9	10
11	12	13	14	15	16	17
18	19	20	21	22	23	24
25	26	27	28	29	30	

12 DECEMBER

S	M	T	W	T	F	S
						1
2	3	4	5	6	7	8
9	10	11	12	13	14	15
16	17	18	19	20	21	22
23	24	25	26	27	28	29
30	31					

4.

气温几个陡坡,已经有入冬的感觉了。

我在隐尘书店看书,再没有胆量坐在廊下了。傍晚眼睛盯着累了,起身到柜台前还书,我用钢笔写下了自己的名字和借阅日期。

柜台里的小姑娘探着脑袋看着,甜甜一笑:"这墨水颜色真好看。"

我浅笑回答道:"时雨色。"

女孩拿着我的会员卡登记还书名目,看着电脑屏幕一会儿,抬头说:"徐小姐,我们这边有位会员,把他余下的会员权限和套餐都转赠到你的会员里面了,大概是一年的会员和买书、茶水果食全场六折的优惠。"

"嗯?"我愣了愣,心想林善池怎么了,是书卖不动了还是要回到山里当居士了。

"一位姓陆的先生。"女孩确认了他的名字,"陆鸣先生。"

没由来听到他的名字,心口依旧一阵悸动的痛,像阴云罅隙里隐约溢出的一点光线,即使那是道能劈死人的雷,还是会期待它的出现——总比一团阴暗死气沉沉的好。

"好久没去书店,刚听书店的人说你把会员转给了我,谢谢你。对了,还要祝福你。"

耳畔听见游船由远及近的鸣笛声,夜风撩动着我披散的头发,我编辑了半天的信息,摁了发送。这是时隔将近三个月,我与他的第一次联系。

夜幕低垂,外滩十里灯盏亮起,延伸到远处霓虹依旧闪烁的地方。天气的缘故,滨江平台并没有多少人,我沿着江边慢慢走,从汉口路一直走,走到了北外滩,实在有些累,就坐下来歇脚。耳机里单曲循环着 *Quiet Inside*,内心平静得甚至变得寂寥,抬头去看江景,却觉得这画面异常地熟悉。

这个角度,像极了陆鸣的那幅照片。

我连忙翻出他的朋友圈,找到那张照片,一比对,竟是一模一样,连萧瑟的模样也是一样的。

我这才意识到,原来之前他就在这个地方,怀着那样寂寥的心情,拍下了这样的照片。

会不会也是听着这首他推荐给我的 *Quiet Inside*?

会不会,我们在并不相交的时光中,在这里坐在了一起。

这些我并不清楚,然而我清楚的是,我在陆鸣离开之后,听他喜欢的歌,走他走过的路,用他喜欢的墨水,吃他喜欢的菜,说他习惯的话,就连心里的寂寥,也像极了他。在他走后,我渐渐变成了他的模样。

这种情绪,一旦发觉,就再也无法自欺欺人。

陆鸣像是墙壁上的白月光,像是胸口的朱砂痣。因为这是个做不完的梦,所以我永远无法醒过来。

隔天姑姑喊我去家里吃饭,她说从乡下带了只老母鸡,准备煲汤一起喝。去之前我并不知道陆母也在,进了家门已经无处可遁了。

陆母见了我,亲亲切切地与我打招呼,拉着我的手坐在沙发上聊天。姑姑理由是我们家里两口人肯定喝不完,正好陆母也没什么事就一起来聊聊天叙叙旧。

"反正你们也熟了,不用这么见外,不是还一起去普陀山转过?"姑姑是这么说的。

我浅笑应着,心里却难免想到我与陆母之间的那个人。事态有点玄了,我越是刻意避讳着什么,就越是会遇见什么。晚餐时大多还是这对大半辈子的闺密热火朝天地聊着,我默默听着,即使内心想屏蔽关于陆鸣的任何消息,但是聊起来的时候,还是忍不住耳朵凑过去。

直到姑姑忽然说到了"晓莉的男朋友"。

陆母圆圆的眼睛笑着看向了我:"晓莉谈男朋友啦?"

我还没有回答,姑姑就开始迫不及待地介绍了起来:"刚谈不久,就前几天还来我家吃过饭,挺好的小伙儿,烧菜手艺不错的,对我家晓莉也特别好。是个医生,眉清目秀的,上次住院的时候经常来看我,哎你应该有照面过。"

陆母的笑眼深深,我只有讪笑。

吃好饭我帮姑姑洗完碗准备先回去,准备告别的时候陆母拉住了我,笑着说:"咱们一起回吧,我也要去乘地铁的。"

晚间淅淅沥沥下起了雨,我和陆母一起挤在姑姑临走前给的一把小折伞下,她顺势挽着我的手臂。

我们一言两句地闲谈着天气,气氛融洽。

"那边有水果摊。"陆母脚步慢了点,"有你喜欢吃的小番茄,要不要买点回去?"

我笑起来:"阿姨怎么知道我喜欢吃小番茄。"

"好像有次陆鸣提起来过。"陆母如是说。

我紧紧握着伞柄,心口怦怦狂跳,佯装着平常模样笑着应声:"的确挺喜欢的。"

雨水滴滴答答落在伞上,我蓦地想起陆鸣淡然的眉眼,很淡很淡,淡得有些疏离,又很暖很暖,暖得像三月春光。

2.

这天陪娇娇去看婚纱。临着闹市的街道，几层的气派大楼，我们坐在落地窗边，几大本画册在面前铺开，各式各样漂亮的婚纱礼服百花缭乱。

她一面感叹地翻阅着，一面哭丧着脸说好多漂亮的款式都穿不成了，会显肚子。邱胜屿在一旁安慰着："显就显呗，一家三口一起参加婚礼多不容易啊。"

看了许久，娇娇提议还是去看看实物吧。

一旁的工作人员笑着说："本来我也是这么建议的，新郎官说您怀着宝宝不能多走动。"

娇娇白了邱胜屿一眼，嫌弃着说："你真是矫情。"

到底还是眉眼带笑的。

我们上了楼，一排排漂亮的婚纱在聚光灯下闪着洁白的光辉，像是天使的羽翼，又像是梦境。

娇娇一声尖叫就要往前蹦，邱胜屿一把将她抱在怀里牢牢按住，念叨着："不要激动不要激动，我们一件件看。"

娇娇选了十几套款式，我陪她在试衣间换衣服。

我们俩有一句没一句地闲聊着，娇娇说："这次要不是生米煮成熟饭，家里还不一定同意呢。"

"邱胜屿这么好,有什么不同意的。"我帮她系着腰后的束带,"还是不要太紧吧?"

"还不是那个李波,你也见过的。"娇娇一面翻了个白眼,一面利落地拉上了拉链。

"你们还有联系吗?"

"没有,不过我想他大概也知道我的消息了。"娇娇撅着嘴。

"你和学长怎么样?"她扭头看向我。

我默默垂头系着束带,浅笑点头:"挺好的。"

"早这样多好。省得见识了那么多奇葩。相亲不靠谱啦,缘分这个东西,还是要靠自己碰,你说是不是。"娇娇笑得温柔,"你看就像我跟老邱,认识得有多狗血就有多狗血,小说都不愿意这么写。但我有时候在想,要是那天我没有去酒吧,要是他那天没把自己喝死过去,要是我懒得管这闲事,我们可能就连认识都认识不到。说那么多偶然,都是必然的,都是因为爱情,而不是因为正好。咱们嫁人就嫁一次,还是要嫁给爱情。晓莉,好好珍惜。"

"你放心啦。"我听在心里,笑着戳着她的脑袋,"是不是可以出去了,让邱胜屿看看他哪里修来的福气娶了这么漂亮的老婆。"

红色的帷幕缓缓拉开,娇娇安静地站在圆形的台子上,洁白的暗纹蕾丝礼裙勾勒着她姣好的身形,裙摆像一株绽放的百合。她的手下意识放在尚且平坦的小腹上。暖色的灯光落在她白皙光滑的肌肤,盈盈泛着温柔的光晕。娇娇的发简单地挽着,她垂首将碎发绕在耳后。然后她缓缓地抬头看向邱胜屿,脸颊上染着红霞，她并没有言语，只是安静笑着。

这是我印象中娇娇最安静的时候，却也是最美的时候。

一时四下寂静，我偷眼去看邱胜屿。

他本是坐着，帷幕拉开的时候同时站起身来，看见娇娇的瞬间整个人都呆住了。他上前了一小步，又停住了，手抬起来，又放了下去。他只是目不转睛地望着她，然后渐渐红了眼眶。

"还行吗？"娇娇吐了吐舌头，因为氛围诡异地安静而开始感到忐忑。

"太美了……"邱胜屿的声线带着颤，然后他偷偷抹去眼角的泪。

我笑着问："你怎么了？"

"美哭了。"邱胜屿依旧盯着娇娇，"你看，她是个天使。"

娇娇身后是一面巨大的镜子，她提起裙摆转着圈，仔细打量起来。邱胜屿终于站不住了，匆匆上前扶住她，不厌其烦念叨着："走路当心走路当心，地上滑你别摔着。"

一个红着脸，一个红着眼。

我站在近处看着他们，心口涨满着温柔和感动，打心里为娇娇开心。

大概就像娇娇说的，这就是嫁给爱情的模样。

试了好几套婚纱，每件邱胜屿都说好看，娇娇翻了白眼，怒骂："带你来干什么！没有一点实用性建议。"

邱胜屿有点委屈："是真的都好看啊……"

"还有好几套没有换呢，穿穿脱脱真是累死了。"娇娇瘫坐在椅子上，"试衣服也是个体力活。"

她看向了我，忽然甜甜笑起来："晓莉，既然来了，要不然……你也试试?"

"我?"我愣了愣,讪笑道,"我就不用了吧。"

娇娇凑过来:"来都来了,就试试呗,反正不花钱,不试白不试。保证你一试婚纱就想赶紧嫁人结婚。"

"我真不着急……"我还没说完,娇娇就指挥邱胜屿帮着店里的人拿了套礼裙过来。

"就当帮我试试看,我实在累死了。"娇娇晃着我的胳膊眨巴着眼睛。

我站在镜子前垂首默默理着蓬松的纱质裙摆,像雪一样洁白柔软的触感,并不真实。我打量着镜子里的那个穿着婚纱的姑娘,有点恍惚。

她是我,又不会是我。五味在心,难以言说。

娇娇探个头进来问:"好了没呀,出来让我看看呀。"

我有点局促地站在灯下面,看着帷幕慢慢被拉开。应该有个人站在帷幕的那边才对,就像邱胜屿等待着娇娇一样,应该有个人等着我。

我忽然心口狂跳,莫名地紧张起来。我咽着口水,双手下意识地抓住蓬松的裙。

有个人站在帷幕那边,他眉眼温柔,唇边荡起浅淡的笑,说了句,好看。

然后娇娇的笑脸占据了我的眼帘。

娇娇张大嘴笑着说:"徐晓莉,真他妈好看啊。我得赶紧拍下来发给学长看看,让他赶紧把你娶了。"

像漂浮在水底,我屏息了许久,终于透出了水面。

我深吸了一口空气，猛然惊醒，胸膛剧烈起伏了几回，这才定下心神，再望过去，只是面空落落的白墙，就像此刻心里的空一样，空到有点钝痛。

娇娇连忙扶住我问我怎么了。

我顿了顿，笑说："胸口勒得太紧，有点胸闷，看来要减肥了。"

3.

娇娇最近一直忙着准备婚礼,事情多且繁杂,诸如宾客的座位安排、请帖的样式、喜糖的包装、捧花的搭配、现场的音乐等。

"你要不请假在家休息,要不就干脆辞职,我养你。"邱胜屿说了好几次。

"辞职?不可能。我才不靠你养,女人要独立自强。"娇娇摆摆手,见邱胜屿难得表情严肃认真,又娇滴滴环上他的脖子,"我们领导已经不安排我夜班了,再说七个月后就可以拿着工资休息了。生完还有妈妈班,每天下午三四点就让下班喂奶去,多么人性化啊,还有什么要求的。"

"那你让我帮你报的那个孕妈妈班怎么办?"邱胜屿有点苦恼。

"我是没男人还是我孩子没爹啊,就不能你去上,回来再教我啊。"娇娇习惯性地翻着白眼。

"好好好,我现在就去。"邱胜屿一口答应,跟我挥挥手,"麻烦你帮我看着她,别在那上蹿下跳跟个小孩似的。"

等邱胜屿走了以后,我开始教育娇娇:"你跟你们家老邱说话语气好点,天天那么横,真是欺负老实人。"

"他才不是什么老实人,坏着呢。"娇娇哼哼着。

我帮她削着苹果,听她盘腿坐在沙发上挑着请帖的样式:"你说是这个白的好看,还是红的好看?我喜欢这个有蕾丝带的,不过没有红色的喜庆。哎哟好烦,要不要带婚纱照的,不过婚纱照要这个月底才能出来,不知道来不来得及。"

"对了,你伴娘服选哪件,我觉得前几天那件蓝色的也不错,粉色的也不错,但估摸着你不喜欢。"

我给她削着第三颗苹果,扬声问:"这盘吃完没有了啊。你天天这个速度吃苹果能把邱胜屿吃穷。"

"开玩笑,吃苹果都能把他吃穷,还养得起我们娘俩么。"娇娇又开始吃苹果,想起什么,"自从怀孕就特别喜欢吃苹果,我决定了,我们家宝宝的名字就叫苹果。邱苹果,邱小萍,邱小果。现在的小朋友,一个个名字都是生僻字,搞得跟字典一样,叫也叫不来,而且动不动就四个字,一点都不接地气。要我说,就不如什么狗剩啊,铁柱啊,傻妞啊……都可以的嘛。"

我瞅着娇娇煞有介事的样子,笑起来:"你这么坑孩子真的好么?"

"到时候写纸条让他抓阄嘛,抓到哪个叫哪个。反正说起来是他自己选的,赖不了我。"

我们俩窝在沙发上笑得前仰后合,娇娇又想到什么,很正经地拍了拍我的肩膀,说道:"对啦,后天学长生日,你想好怎么给他庆祝了没?"

"哎?"我心里一惊,顾松竹要过生日了?

"哎?"娇娇也是一惊,"你不知道?这女朋友不合格啊。"

说起来，有一段时间没有见到顾松竹了。他一直很忙，会诊、值班、抢救，还有各种学习会培训班，几乎整天整夜都在医院。我终于相信娇娇刚工作的时候跟我说在医院休息室睡了半个月没有回过家的事儿了。我之前曾与他笑说，怪不得医院里那么多一对对一双双的，只有内部分配才最合理。

"我们好久没见了。"我垂头摆动着沙发罩上的流苏。

但是我心里清楚，这只是个借口，因为他忙，我有了不见面的理由。

顾松竹也曾在午休的时候，难得的三四个小时空闲联系我，想一起吃饭或者见面什么的，都被我委婉以"你好好休息"拒绝了。想到他，我莫名感到心虚。

"好好准备准备啦，学长嘴上不说，心里肯定盼着呢。他可闷骚了。"娇娇怂恿着我。

我应声点头。

很不巧的是，顾松竹这天也要上班。

他并没有很在意过生日这件事，或者并没有表现得很在意。我想与其在外面看看电影下个馆子，两个人都很疲累，不如就在家里做顿饭，温馨轻松一点。

顾松竹很愉悦地答应了，并且表现得很期待。

我一早去了菜场，娇娇说顾松竹喜欢吃小黄鱼还有笋尖，最爱吃的菜是土豆炖牛腩。虽然我咨询之后，她在电话那头数落了我很久"你一个女朋友还没我了解得多"。

阳光很好，心情也不错，我把家里仔细打扫了遍，擦了窗户换了床单和餐布，玻璃花瓶里也摆上了早上顺路去买的几朵香槟玫瑰。选了件舒适却不至于懒散的家居服，头发随便扎了个丸子。我在镜子前站了一会儿,犹豫了一会儿还是用隔离霜简单地打了个底,眉笔轻轻扫了两下眉毛。

毕竟客人来家里,还是要打扮打扮。

夜色渐深,楼下灯盏一段段亮起来。

顾松竹敲门的时候,我刚刚把炖好的山药排骨汤端上桌。

屋内灯光照在他脸上的瞬间,他面上犹带的几抹倦色已经隐去了。

"在走道里就闻到香味了。"顾松竹笑着进来,晃了晃手里拎着的东西,"娇娇说你喜欢喝梅子酒,我带了瓶。"

娇娇果然是最了解我们这对不太合格的情侣的人。

土豆炖牛腩、油煎小黄鱼、凉拌西兰花、清炒笋尖,还有刚出锅的排骨汤。淡粉色碎花餐布,白亮的餐盘,盛开的玫瑰,看着就温馨极了。

顾松竹满面不加掩饰的笑容,挂好外套坐了下来。

"虽然没你手艺好,但姑且还能吃。"我谦虚地说。

"很好。"他一面吃,一面夸奖着。

很长一段时间,我们之前,除了"多吃点"以及"真好吃",再没有其他的话题。电视里新闻联播的背景音将有些尴尬的场面稍微缓解了些,我们三言两语地聊着时政和网络上一些热门的事件话题,后来话题延伸开,他说起遇到的病人,我谈起同事的八卦,终于有浅浅的欢声笑语在餐食之外。

这让我轻松了许多。

我把之前买的生日蛋糕拿了出来,想着饭后甜点,走个形式,选的是草莓奶油的小蛋糕,也就两个人的分量。

"不知道你喜欢吃什么口味的蛋糕,就按着我的口味买了。"我笑着说，我是再不好意思去问娇娇了。

我点燃了蜡烛，关上了灯。

烛火瞳瞳，他的影子拉长着摇晃着。

"祝你十八岁生日快乐。"我眨着眼睛，笑眼望着他。

"就三十岁就好，十八岁的时候还没遇到你。"顾松竹柔情蜜意地说着。

我轻咳一声，继续主持流程："许个愿吧。"

顾松竹闭上眼睛许好愿，我们一起吹熄了蜡烛。

房间黑了下来，我起身去开灯，他拉住了我的手。我们离得很近，我已经能感到他的呼吸。他仍旧在慢慢凑近，外间的月光清清冷冷透进来，顾松竹的眼睛隐约闪着星光。

我退开一步，笑着说道："寿星，赶紧切蛋糕吧。"

我没再看顾松竹的神情，转身开了灯。

吃完蛋糕，我预感到之后大概需要跑个二三十公里，才能弥补今天的热量罪孽。

之后顾松竹主动挽起袖子去洗碗，我赶紧抢了过来，笑说："今天就不劳烦寿星了，你去坐着看看电视。"

他也不再推脱，离开了厨房，在房间里缓步溜达着四处看着。

"这幅画挺好看的。"顾松竹的声音传来。

我扭头看过去，见他站在白墙上我自己装裱的画面前端详着。画里是七月的我，饭后微醺，眉眼弯成月牙，连发梢都带着笑意。

"几笔白描，却很有神韵。"顾松竹评价着，"画的人很用心。"

我默默无声地洗着碗,并没有接他的话。顾松竹也没有了声音,只有哗哗的水声和杯盘碰撞的声音。这之后,他从身后抱住了我,下巴抵在我的肩膀上,也不说话,轻微的鼻息撩动着我耳边的碎发。

我身体僵硬,心脏跳得厉害。

在此之前,我们似乎只是牵过手。

"什么啊,你们就只牵手啊,要不要这么柏拉图啊。两个人年纪加起来都要六十岁了,还当十六岁花季的恋爱呢。"这件事情曾被娇娇这么吐槽过。我也细想过,但顾松竹从来不主动过分亲近,我当然也不会贸贸然抢这个主动。我们总还是在互相的试探中和友好的相敬里。

我安静地由他抱着,他身上淡淡的气息说不上来,却很安宁。

"吃得很好,辛苦你了。今天过得很开心,谢谢。"顾松竹轻轻在我耳边说着。

"开心就行。"我声音温暾,低头关了水,把盘子都摆好。

他并没有松开我,依旧在我耳边笑:"我明天休息,倒是不着急着走,不如看会儿电视?"

"好。"我说完,从他怀里不动声色退离出来,笑着问,"看电影吧?有什么想看的。"

客厅里只开着盏落地灯,我们坐在沙发上,顾松竹倒了酒,放在茶几上,电视里放的是《怦然心动》。这种环境,看一部文艺类的爱情片,安安静静的也好。

"有的人浅薄,有的人金玉其外而败絮其中。有天你会遇到一个彩虹般绚丽的人,当你遇到这个人之后,会觉得其他人都是浮云而已。"

电影的最后,朱莉和布莱斯在树苗下相握的手交缠的眼,顾松竹也握住了我的手。而我心事重重,一言不发。

我们沉默地看完整部电影,其间顾松竹带来的梅子酒已经喝了大半。

我又弯身去倒,他抓住了我的手,无奈地说:"以为你会喝点酒,想不到你是个小酒鬼,喝了不少啦,今天就喝到这里吧。"

"好。"我依言放下酒杯,他的手却没有松开。

"晓莉。"顾松竹很轻很柔地唤了我一声,他的指腹像春天新生的柳枝拂过我的脖颈,惹得我从脊椎骨泛起一阵温柔的战栗。

"我明天再走吧?"他声音软糯,带着征询的语气,听着却是陈述。

一盏暧昧灯光,顾松竹的脸凑得很近,我慢慢靠在沙发上,而后看见他幽黑的眼眸里那个意乱的我。

我这次是逃不掉了,这么想着,我闭上了眼睛。

他的唇齿间带着浅淡的酒气和梅子味,嘴唇温软而甜腻。

我整个人都在抖,无法抑制地颤抖。

顾松竹伸手搂住了我,手掌抚着我的背,动作轻缓,似在安慰。

然后他逐渐加深了这个吻,嘴唇的临摹变成了唇舌的交汇,手掌的轻抚变幻成游移,呼吸开始沉重且急促。我躺在沙发上,他欺身上来,抱枕压在腰下并不舒服,顾松竹将它抽了出来不知扔去了哪里。

电视里还放着电影的片尾曲，"Let it be me, let it be me..."我想着那棵大大的梧桐树和树顶的风，还有朱莉遇见他的那一眼，她相信他会吻她。

他们说，那是一种怦然心动的爱情。

我以为我会心如鼓捶，小鹿乱撞，但除了略微的醉意和酥软，此刻的我出乎意料地平静，以及无法解释地难过。

暖色的光洒在眼皮上，然后我看见了一个人。

4.

他在廊下的扶疏花影里，他在暖色灯光下用手机帮我拍照，他在暖光色的灯光下坐在对面静静地看书，他是我在佛祖面前心里念着的那个人，他在暖黄色灯光下画着画，嘴边或许还带着些笑，粉色的霓虹灯照在他神情浅淡的脸上，我眼角的泪滑下来好似那片星空海浪下，他指尖飘落的点点猩红。

当红色的帷幕缓缓拉开，他就站在对面，眉眼温柔微笑着说，好看。

我透不过气，胸闷得无法呼吸。

歌里在唱："Each time we need love, I found complete love."

我忽然明白了我怅然若失的是什么，爱情里的怦然心动。

也许他不是个具象的谁，但他是我心生的爱情。我猛地推开了身前的人。然后我坐直了身子，终于露出了水面一样大口地喘息。

顾松竹惊愣地看着我，我垂下头整理着凌乱的衣领，嘴唇翕动几回，终是开口："对不起，我有点喝醉了，头有点疼，想休息了。"

我没有看他，因为我不敢。我面对顾松竹，自始至终是心虚的，尤其是此刻。

"对不起。"我又说了遍。

他沉默了一阵，叹了口气，只是说："你好好休息。"

顾松竹站起身，把掉在地上的抱枕捡了起来放回沙发上，然后他离开了。走前他还到厨房收拾了一阵，拎着垃圾袋走了。这期间，我只是默默望着。看着这个肯为二十八岁仍一无所有的徐晓莉付出感情的男人，我既深深被感动又感到无比内疚。

我蜷在沙发上望向窗外，顾松竹的车离开了，他的尾灯闪烁，消失在了视线里。远处，密密的灯盏，不见繁星。

再见顾松竹，是一个礼拜之后，我们约在了乌托邦酒吧。

这一个礼拜，我们还是在各忙各的之余日常地问候和闲散地聊天，似乎与之前没什么不同，但我们都清楚，再不同了。

杜六一很熟络地问我："好久不见，亚历山大？"

我瞅了眼对面的顾松竹，笑着婉拒："两杯果汁就好。"

杜六一看了看我，又看了看顾松竹，挑眉了然一笑打了个响指，知趣地走了。

我们各怀心事，许久没有人说话。

"你……"

"你……"

想打破尴尬，却又陷入尴尬。

"你先说。"他温柔一笑。

"你最近忙吗？"我顾左右言他。

"还好，一直那么忙。"他回答完，又是一阵沉默。

"天气越来越凉了，要注意保暖，医院里面患上流感的很多。"顾松竹闲言着,我知道他有话在喉,只是在纠结与踌躇。

我们依旧各怀心事,默默喝着饮料。今天没有驻唱,小小的舞台空落落的,吧台也没有人坐,杜六一个人默默地调着酒,看着也是空落落的。他似乎也感觉到今夜的冷清,打开了音响,放起了蓝调。

"晓莉。"顾松竹喊了我一声。

我抬头看他,等着他的话。

"其实我很早就认识你,一直听娇娇说起你,你们也总是形影不离的。最开始对你印象深刻,是在你们那届的毕业典礼上,娇娇请我观席,你当时的男朋友在台上向你表白的时候,我就坐在第一排。你穿着条浅色裙子,长发披肩,简单清新,那个人也是英俊潇洒的。当时我很羡慕你们,也有点遗憾大学的时候应该抓住有些机缘让娇娇介绍我们认识。当时并没有其他想法,只是觉得做个朋友也不错。"

我微微张着嘴,想说些什么。

顾松竹闷着头想一口气说完,我继续听着。

"第一次见面,也是因为你家里的变故。之后从娇娇那里知道了些关于你的后续故事,以及你陆陆续续的相亲对象。我知道这些年你过得不容易,但我始终只是个很遥远的路人。有点后悔要是早些遇见你,哪怕早个两三年也行。我懵懵懂懂的心思,对你有好奇,想接近,却没有缘由。

"总会想些看起来不太明显的机缘与你套着近乎。后面出国学习了挺长时间,一直惴惴不安着在这个时间段你会不会已经解决了终身大事。时不时地给你写明信片、发微信,想着至少不要断联系。回国的飞机还在滑翔,我就在想该怎么去找你，是否要直接点，是否要表白。飞机落地手机里收到你半年前的短信，写着'好'，忽然就有了自说自话的信心和勇气。不试试看怎么知道呢？"顾松竹笑起来。

"谢谢。"他说着，唇角扯着一个似笑非笑的弧度。

我没有回答。

然后他接着说："我明白，你已经尽力了。但我也明白，你到底还是勉强，或许是心有顾忌。毕竟感情的事，不用明言就能体会。我对你而言，或许是刚好我在、有我真好，而不是……顾松竹，我就是要你。"

我只是看着他，心头安静。

"我很喜欢你家里墙上那幅画，因为画里你笑得很开心。我喜欢你那样地笑，即使我还没有见到过。"顾松竹说着，垂下头搅动着饮料。

"我明白想要真的走进你的心里，是件很不容易的事。我想着循序渐进，总归会有这天的，所以我不介意再等。但是……不管我如何想拉近距离，我如何向你走过来，你始终在那里，不离开也不会向我走过来。当然，我不是怨怪你那天拒绝了我，而是我忽然明白，你心里那个人不是我。这让我很沮丧，很失望，并且很嫉妒。我觉得我做了能做的所有事，给你时间给你包容，然而你依旧不愿意敞开心扉。"顾松竹声线如水，很平很静，没有波澜，更像一汪死水。

我无话可说，我该说的，他都替我说了。

"我后面自己想了很久，是该继续等你呢，还是该就此放手，成全我们两个人呢。"顾松竹饮尽杯中的果汁，默默念叨。

他说的，是成全我们两个人。

"晓莉，我们分手吧。我无法像你一样，在机场等一艘船。我们都应该面对现实。"顾松竹在闪烁的粉色霓虹灯下抬眸望向我，他的眼眸里染着粉色的光，却氤氲一片不见光彩。

我怔愣地望着顾松竹，嘴里原本想说的话，瞬间忘得一干二净。

他无法像我一样，在机场等一艘船。

他无法像我一样，蒙着头躲在沙堆里，沉浸在这个年纪不该还存在的乌托邦里，不去想现实中的一切。

我了然我对顾松竹的心虚来自于什么，是我明明不喜欢他，却对他做了一件很婊的事情：喜欢上被他喜欢的感觉，却偷偷想着该放下的人。

我甚至连承认的勇气都没有。

"谢谢。"我鼻尖泛酸，简单两个字声音却抖动得厉害。我以为我会抱着愧疚之心说对不起，但更多的是可耻的释然。

这是我对顾松竹说的最后一句话。

"晓莉，祝你幸福。不管怎么说，我们还是朋友。"顾松竹依旧在笑，那笑容里多了几分初遇时的寒暄和寒心后的疏离。

乌托邦酒吧或许是我的一个劫。

我的情缘，都是止于这里。

顾松竹的事情我暂时没有跟姑姑说，我知道她知道后的后果多么严重。

她一定会拿出"你都要三十岁了，还做着白日梦等着白马王子"这句话。当然，对姑姑来说顾松竹就是"白马王子"，她大概还会补一句："为什么白马王子来了你都不要？你是不是傻，还是脑子被门挤了？"

5.

我想起上初中那会儿流行笔友,在少年刊物每页页尾,都会留下收信地址和收件人,还有他们简单的自我介绍。我专门买了很多漂亮的信纸和邮票,陆续交过几个笔友,讲些自己的事情和生活中学习上的烦恼和困难,还有那些青涩懵懂的感情。

一收到笔友的回信,我就喜滋滋地捧着跑回房间。姑姑一边做饭一边回头瞅我,无奈地咂嘴:"跟陌生人聊得那么起劲。"

我吐了吐舌头,话在嘴里什么也没说。

只有对陌生人,才敢讲心事呢。

那时的心事是隔壁班的高个子男生,他跟我一样,每天都是骑自行车上学,我们偶尔会在车棚遇见,只是照面知道对方是隔壁班的,仅此而已。车棚藏在学校的角落里,边上是废弃的仓库,几面玻璃都被石头打碎,里面黑漆漆的不敢深看。冬天天黑得早,那唯一的一盏路灯撑了小半个学期终于坏了,倒不是黑掉,而是一闪一闪的,这忽明忽暗的路灯更是吓人许多。

班里没几个骑车的同学,每天放学独自去取车简直就是噩梦一样的经历。有天战战兢兢借着一点点教学楼透下来的光线推车出来,背后一阵冷风吹过,那些老港片里恐怖的桥段全部浮现在脑海里,感觉有很多双眼睛和无形的手就在我没注意的地方。我推着车撒腿往外跑,拐过小径,看见了那个男生。

他撑着单车站在拐角路灯下,低头踢着脚边的石子。大概是听见一阵狂乱的响动,朝我这边看来。然后他笑了笑,推车迈开了步子。就走在我不远不近的前面。我看着他的背影,心里终于慢慢地安定了下来。

在这之后的每个冬夜,我几乎都能在车棚外这盏路灯下看见他的身影。然后我们一前一后地走着,出了校门,一个往左一个往右,从头至尾甚至连眼神的交汇都没有。

我却在他无声沉默的陪伴中倍感温暖和欣喜。

那盏年久失修的路灯,忽然让我的懵懂青涩化出了灵性来,我在这冬夜中踩着他的影子走着,心口却开着春天里雀跃的花朵。

我开始期待每个经过隔壁班窗子时那匆匆几秒的寻找,期待着做操的时候几个转身运动偷偷的一眼,期待着食堂有没有机会坐到他隔壁桌,听听他喜欢聊的话题。

"我是不是该问问他的名字?"我在信里这样问笔友。

但是我没有问。新学期开始,不管是透过隔壁班的窗,还是那盏路灯下,我再看不到他了。

我猜测,他可能是转学了。

我倾诉着我的失落,但我也明白在少年时稚嫩的我们,不像现在有许多通讯方式的我们,可能连换个座位都能催生出异地恋和新欢的我们,转学这样的情况,相当于天涯海角。

我甚至庆幸,我并不曾知道他的名字,我并不曾胆战心惊地找机会与他闲聊两句，我也没有机会和他牵过手，然后在某天流着泪与他告别。

笔友问我："你喜欢他吗？"

"喜欢。"

"喜欢什么？"

"不知道，只是那种感觉。"

"你喜欢的可能只是去喜欢一个人的感觉。"笔友这么回信。

很多年后我想起这个蓦地打开我心房的隔壁班男生，除了那盏冬夜里昏暗的路灯和他推车前行的背影，还有我像是抓住救命稻草的心跳，我什么也不记得。

我依旧也说不上来喜欢陆鸣什么，但在我对他的记忆里，那盏书店外的路灯下他靠墙等待的身影也这样深刻。

他像是我的爱情，不，他是我的爱情。

我很难向别人解释于我而言，爱情是个什么东西。

姑姑并没有对我父母的车祸细节多做描述，这是她不太愿意讲、我也不太愿意听的事情。但我还是忍不住想着办法上网搜索关于父母的片段碎语，想拼凑出他们的模样和日常来。

那则旧时的通讯稿就这么惨白地跳进眼底。

那辆蜿蜒山路的面包车大雪天跌落了山崖，五天后才被人发现，很不幸的是已经全部遇难。他们发现了一对紧紧相拥的遗体，女性当场死亡，抱着她的男性应该是死于严寒和伤口溃烂。人们通过他们身上留下的书信辨认了身份——那是张临时写的便签，字迹歪扭隐约可读。

"遇见你便发誓爱你一生,可惜我们的一生太短。"

高中的时候为了偷藏成绩单,在姑姑的一个小抽屉里找到了这张压平褶皱的便条。

所以我始终相信爱情,不是浮于表面的情欲之爱,而是两个灵魂穿越过人海一眼即认出对方就是今生挚爱的重逢。我曾经遇见过,对我而言算是一眼便体会到了自己孤独寂寞的灵魂,洞悉了时光的川流将往何处,那只是一瞬花火,缘起缘止由不得我。

我始终相信它还会来,不管何时,哪怕三十岁,哪怕四十岁,哪怕它一直不曾来,但我想它一定在路上。

我只想要爱情,就这么简单,就这么艰难。

6.

和顾松竹分手我也还不曾告诉娇娇。

但我无法告诉她了。

收到她正式选定的请柬的那一天,我接到了电话。

如平地惊雷,轰然间世界万物崩塌。

娇娇死了。

十二月，大雪弥漫

01 JANUARY
S	M	T	W	T	F	S
			1	2	3	4
5	6	7	8	9	10	11
12	13	14	15	16	17	18
19	20	21	22	23	24	25
26	27	28	29	30	31	

02 FEBRUARY
S	M	T	W	T	F	S
						1
2	3	4	5	6	7	8
9	10	11	12	13	14	15
16	17	18	19	20	21	22
23	24	25	26	27	28	

03 MARCH
S	M	T	W	T	F	S
						1
2	3	4	5	6	7	8
9	10	11	12	13	14	15
16	17	18	19	20	21	22
23	24	25	26	27	28	29
30	31					

04 APRIL
S	M	T	W	T	F	S
		1	2	3	4	5
6	7	8	9	10	11	12
13	14	15	16	17	18	19
20	21	22	23	24	25	26
27	28	29	30			

05 MAY
S	M	T	W	T	F	S
				1	2	3
4	5	6	7	8	9	10
11	12	13	14	15	16	17
18	19	20	21	22	23	24
25	26	27	28	29	30	31

06 JUNE
S	M	T	W	T	F	S
1	2	3	4	5	6	7
8	9	10	11	12	13	14
15	16	17	18	19	20	21
22	23	24	25	26	27	28
29	30					

07 JULY
S	M	T	W	T	F	S
		1	2	3	4	5
6	7	8	9	10	11	12
13	14	15	16	17	18	19
20	21	22	23	24	25	26
27	28	29	30	31		

08 AUGUST
S	M	T	W	T	F	S
					1	2
3	4	5	6	7	8	9
10	11	12	13	14	15	16
17	18	19	20	21	22	23
24	25	26	27	28	29	30
31						

09 SEPTEMBER
S	M	T	W	T	F	S
	1	2	3	4	5	6
7	8	9	10	11	12	13
14	15	16	17	18	19	20
21	22	23	24	25	26	27
28	29	30				

10 OCTOBER
S	M	T	W	T	F	S
			1	2	3	4
5	6	7	8	9	10	11
12	13	14	15	16	17	18
19	20	21	22	23	24	25
26	27	28	29	30	31	

11 NOVEMBER
S	M	T	W	T	F	S
						1
2	3	4	5	6	7	8
9	10	11	12	13	14	15
16	17	18	19	20	21	22
23	24	25	26	27	28	29
30						

12 DECEMBER
S	M	T	W	T	F	S
	1	2	3	4	5	6
7	8	9	10	11	12	13
14	15	16	17	18	19	20
21	22	23	24	25	26	27
28	29	30	31			

1.

  这场雨连着下了三天，空气里弥漫着潮湿的水汽。我裹着件黑色的大衣，在楼下便利店里买了把多骨的长柄黑伞去见娇娇。店员笑着结账，说这把伞很结实很经用。我看到镜面里自己眼波里的寂寞，心想我宁愿不要再用第二次。

  娇娇的事出得意外，我挂了电话就仓皇地往医院奔。

  不会吧，不会吧，不会吧。心里只有这三个字。

  急诊室候诊大厅围满了人，我看到地上还没来得及清洗的大片血迹，心里依旧想着"不会吧，不会吧，不会吧"。

  人声鼎沸里夹杂着闪光灯的频闪，有人过来把我从地上扶起来，我仰头看，是娇娇经常搭班的吴医生，他的制服上还有手上都是干掉的血。

  "谁，是谁？"我扒着他的衣角，不死心地问。

  吴医生的眼睛也像血一样地红，他抿着嘴，五官都在颤抖。我望着他满脸的泪水，心底开始塌陷。

  然后我看到了邱胜屿，他惨白着脸靠着墙喘息，两个警察跟他交谈着什么。我颤颤巍巍地喊了他一声，语气征询，他循声看向我，四目相对的一瞬我看尽了他眼里的绝望。

  真的是娇娇。

那瞬间天旋地转，耳鸣欲炸，像是失去了所有的力气和所有的温度，我终于开始崩溃。

新闻报道说，某医院一个耳鼻喉科经常来复诊的老病人，在急诊室坐了一个上午，然后他抓住了一个从身边走过的小护士，用早准备好的匕首直接扎进了她的脖子。一切发生得太快，没有人反应过来，在惊号声中她捂着脖子上的血洞瘫倒在血泊里，医生赶来抢救的时候，她浑身抽搐了几下便没了生息。

她甚至没来得及说任何话。

新闻报道说，杀人者常年为疾病所扰，因为无法根治，已经患上了严重的精神衰弱，杀人后他又刺伤了几名赶来制伏的保安，跑到医院的楼顶，跳楼自杀了。

新闻报道说，这个护士已经怀有三个月的身孕，婚礼就在半个月后。

我在家里躺了将近一个礼拜，仍然没有缓过神来。

娇娇寄来的请帖就在手边，她最后还是选了红色蕾丝的烫金帖。

娇娇通宵盖的火漆蜡印着红双喜的章和她亲手写的邀请信：两姓缔结，一世姻缘，请君见证。

请帖里还有娇娇好不容易选定的婚纱照。她一袭白色婚纱，头戴花冠，和邱胜屿一起亮着手上的婚戒，笑眼如月，满脸掩不住的甜美幸福。

她的婚期就在眼前，为她婚礼准备的伴娘礼服就挂在我的衣橱里。

而现在，我只能在这个雨天，一身黑衣去见她最后一面。

那天我没能见到她，我想去看她，却被拦住了。警察和媒体将整个急诊厅包围住，医院的人说，为了避免记者冒充家属好友，除了直系近亲，谁也不能进。一片混乱中，我之后连邱胜屿都没能见到。

那整天我坐在医院的长廊上，不知所想。急诊厅门口几个问诊的病人围在一起抱怨："好不容易要排到号了，结果死了个人就把整个急诊厅封掉了，至不至于？耽误别人看病，这叫什么事儿！"

我只能倚着墙掉着泪翻着通讯录，然而，无人可说。当我意识到这样的时刻我一般会打给娇娇等待着她的宽慰和解救时，情绪在医院的角落里无声且放任地崩溃了。

雨下得没停，有条蓝色的鲸鱼在雨幕里游走。

我到了殡仪馆门口，看到了不少媒体的车辆和挂着长枪短炮的记者。

来宾登记册上我看见了林涛的名字，他也来了。

十一月的时候娇娇打电话问我："要不要给林涛那个贱人寄张请帖？"

我笑着说："随你啊，你结婚当然你做主。"

"这个得看你，要是你不想见他，我就舍得这份礼金，省得你不痛快。"娇娇这么回答。

"请吧，干吗跟礼金过不去。"我依旧笑着。

"那我请了，让他这个离婚的苦逼男人看看你和顾松竹恩爱的模样，哈哈哈，造化弄人，后悔也晚了。"娇娇在电话那头笑了起来。

真的是造化弄人。

我沉默地在他名字附近写上了自己的名字。我知道我们都会为了娇娇而赴席相见，谁知却由红事变成白事。

而邱胜屿几日不见颓然如此，面颊也消瘦凹陷了许多。他胸口别着白花在堂前迎客，我与他照面四目相对，谁都看不见对方的倒影，都是一潭死水。

娇娇的母亲很年轻，我们为数不多的几次见面她都会尤为自得地谈论起自己年过半百仍然乌亮的秀发。现在她被邱胜屿搀扶着在娇娇的遗像边上站着，挽发如雪。

邱胜屿后来与我说，她知道娇娇的事后并没有多说什么话，独自在太平间和娇娇待了一晚，一夜白头。

娇娇的遗像挂在大堂中央，我远远望了一眼，照片里她笑颜如花，不懂世事无常。她没有太多的证件照，大多还是毕业时、入职时的。这花团锦簇中的遗照是她母亲拿着婚照到照相馆找人改的。

婚照里的背景一点点被店员抠掉，把色调调成黑白。她再无法忍耐这白发人送黑发人之痛，倒在地上大哭起来。

我心口闷痛得厉害，娇娇的笑脸我再不敢看。

2.

有人说，人会死三次。

第一次是停止呼吸的时候，他失去了温度与心跳，无法再感受这个世界。第二次是追悼会告别仪式的时候，他被郑重地宣告了与这个世界再无联系。第三次是世界上最后一个思念他的人也忘掉了他的时候，他这才算彻底死了。

娇娇没有死，她永远在我们心里。

以前看影视剧，这句话翻来覆去地出现在每场悼念词里，那时候我听着无感甚至久了变得尴尬。但现在我知道，这是一种对生者多么重要的思念寄托。

我不知在这冷清的长椅上坐了多久，记者媒体都已遣散，偌大的厅堂像脑海一样空洞，前来悼念的除了娇娇的家属和邱胜屿仍在大堂里坐着，几人默默垂泪几人轻声安慰，再无其他人。

顾松竹发来的信息，大意是说，医院几台手术连台，实在赶不过来，想麻烦我给娇娇送束花。

他问我还好吗，需要见个面吗？这是乌托邦之后，我们唯一的一次联系。

我只回复说帮着送花了，对于他说见面的事情没有回答。

我知道，这件事儿他帮不了我。

我心身疲累，起身默默离开了。

窗外雨依旧在下，我穿过潮湿的走廊，拐角处却见到了林涛。

他靠着窗，沉默地抽着烟。窗外几株尚且纤弱的树，风雨中摇摆，日光下透着影子落在他的侧脸，看着有些抑郁沉闷。

我以为他早就戒了。

以前林涛抽烟抽得凶，尤其是刚工作的时候，压力和烟瘾成正比，每天都有个两三包，我花了好长的时间终于帮他戒了烟。

一阵急雨打在窗外的叶上，飞溅进来。

他扔掉了烟蒂，揣着沾湿的衣襟，忽然双肩颤抖狠狠落着泪。

在我的记忆里，从没见他哭得这样伤心、这样孤独。

我脚尖朝向他，往前走了半步，终是忍住。我最后没有与林涛说一句话，也不曾有个四目相对的照面，就这样离开了。我们都猝不及防地失去了青春里共有的一部分，我们的相交之处越来越少，来宾簿上的签名大概是我们最后的一次相遇。

我们，再不该有交集。

真希望我们都停留在十八岁的夏天，从此不再有任何的爱恨情仇以及生离死别。

从这天开始我便向公司请了假，拒绝了姑姑的探望，关掉了手机，一个人躺在乌沉沉的房间里，不再去理会外面的世界了。

我生病了。我躺在寂静如水的夜里，说不了话，也动弹不得，我仿佛被抽离掉所有的情绪和感官。

像是沉在海底的鲸，我独自沉溺在海的深处，人世百年，与我都无关系。隐约望见海面粼粼碎光浮动，却心知那是我触不到的遥远。我只有看着自己一点点沉沦下去，无法自拔，也不愿自拔。

前几年得知林涛婚讯之后的那段时间，我也是这般的模样，封闭了所有的自我，在沉沦里看不到出口，不愿意从压抑如斯的情绪中走出来，那个时候还有娇娇撞开我的门，将我骂一通也好，抱着我哭一通也好。而现在，我什么都没有了。

娇娇于我而言，不单单是朋友，而是生命中的一部分。

在我心里，她是所有美好事物的化身，她是我憧憬爱情的现实体现。她炽热，她娇艳，她善良，她骄傲，我像爱着一个更好的自己一样爱着她。

她带走了我许多美好的希望。

我从此沉在海里，谁都拉不上来了。

娇娇盘腿坐在落地窗前的小沙发上，素衣长发，浅笑酡颜，美得像幅画。我喊了她一声，她抬头看向我，眉眼如月，笑得开心。

她说想好了宝宝的小名，叫酥酥。不求他成龙成凤光宗耀祖，只愿他一生有酒喝有粮吃，平凡平淡却自在洒脱。

我惊醒过来，仓仓皇皇望去，乌沉沉的黑夜，没有星光，也没有灯盏，空荡荡的沙发。此后再也睡不着，我起身在窗前站定，这夜里飘起了雪，橘灰色的夜，眼下建筑已是白茫茫一片。

我想起了陆鸣的那句：十二月，大雪弥漫。

大概这是我的十二月。

我靠着窗赤脚坐下，我远远想念着那个遥远不可及的夏夜，我们在星空下并肩而立，我在他的眼里看见了一整个宇宙。

我忽然很想念他。

我从抽屉里拿出雪藏了七天的手机，用了很大的勇气才开了机，接收到信号之后手机开始狂烈地振动着各种未读的消息。我飞快地翻过，找到陆鸣的对话框，他竟有一条发来的消息。

他写道：晓莉，我听说了娇娇的事，很为你担心，你一切安好？

时间是五天前。

我的心口久违地温热了起来，他用了"很"呢，他的情绪因我起伏波动呢。

像深海里有一线光线，远又近的地方听见水波涌动时发出的温柔的碰撞声。我不知道该如何回答他，我想告诉他我一切都很好，却又实在写不下这违心的寒暄。在对话框里犹豫了好一阵，我还是没法言说此刻的心情，我有好多话想对他说，那些该说的和不该说的。

我点开了陆鸣的头像，他最近更新过朋友圈。

一张草地上的白色桌布小圆台，一捧娇艳欲滴的红玫瑰，日光下花瓣上的水珠闪烁着莹莹光点，他端着一个锦盒，一枚小巧漂亮的戒指安静地嵌在锦盒里，那颗钻石闪亮得刺眼。

他配文只写了一句话：我们的十年之约。

眼泪无法抑制地往外涌着，我瞪大眼睛盯着越来越模糊的照片，反复确认那入镜的手是不是陆鸣的，但很快我为自己这种掩耳盗铃自欺欺人的想法感到可笑。

日期是七天前，娇娇的葬礼。

两个半球，两个世界。一个温暖如春，一个肃杀如冬。

　　我终究还是沉回了我漆黑的海底，没有一点光线没有一点声音。我盯着陆鸣那张美好温暖的照片看了很久很久，就像在海底深处望着海面的粼粼波光。

　　好想拥有，却永远触摸不到。最后，我删掉了他的联系方式。

　　我不知道我的十二月什么时候能够结束，但我已不奢望春天了。

3.

上海下雪了，清晨醒来，窗外屋檐上铺了一层浅淡的白色。

楼下几个小孩笑闹着在台阶上堆着超级迷你的雪人，他们打着雪仗，雪块在我的大衣上铺散开来，留下很快就化成水的印子，年纪稍微大些的孩子很忐忑地向我道着歉。

我揉了揉他的脑袋，笑着说："没事的。"

我没事了，至少看起来是这样。

总要往前走，不是吗？

我恢复了正常的生活，回到了朝九晚五没有悬念的工作，当然，也用尽了我所有的休假。我没有意愿再去任何的聚会和没必要甚至有必要的社交了，到点下班，手机飞行模式或者直接关机，然后窝在家里做一两个简单的菜填饱肚子，看看书，刷刷剧。姑姑在这段时间内也不再过问任何关于感情方面的事情，我的生活难得地沉默而安静。

可惜我的睡眠依旧不好，我总是会梦见娇娇，从我们的大学开始，像一场连续剧每天分段地播放着。我还梦见过她的婚礼，她穿着那件蕾丝鱼尾的婚纱，将手里粉色芍药捧花笑着抛向了我。

梦醒后就再也睡不着，就这样看着窗外那间粉色霓虹灯的店铺呆坐到天亮。

　　姑姑曾旁敲侧击问我最近是否有空，我苦笑着说，相亲的事情，暂时告一段落吧。她连忙摆手，支吾着说，认识一个心理专家，可以一起去聊聊天。

　　连苦笑都从我的嘴角隐去了。

　　十二月的最后一天，姑姑准备来我这陪我，我说同事们有个跨年派对，我可能不在家。她眼睛里闪着光，开心得很："好，年轻人多出去聚聚挺好的。"

　　其实我撒谎了。

　　电视机里热闹地倒数，我喝掉了易拉罐里最后一口啤酒，然后在"新年快乐"的欢笑声中，我望向了窗外，眼帘里粉色的霓虹灯在闪烁。零点的上海，安静得像以往的每个午夜，寂寥也是别无二致。

　　新年快乐，我默默跟自己说着。

　　去年过得实在艰难，希望新的一年，生活对我好一点。

4.

元旦的最后一天假,保安摁门铃的时候,我刚从医院回来,数着安眠药的剂量,吃了一粒。

这种按粒领的药,药房绝不含糊,医嘱说是五粒,药房的阿姨拆开包装,一板六粒,她剪出来一粒才给我。保安说楼下我家的邮箱满了,让我有空去清一下。

我裹着外套趿着拖鞋就下了楼,果真像保安小哥说的"已经扑出来了"。他开玩笑地说,是不是都是情书,很抱歉,只有水电煤账单和五花八门的广告单。

还有一封邮递员投错了的信。

信上写的是910室,Leon Lu收。

我下意识心口一跳,这是他在国外留学时的名字。

落款人是个冗长的英文名,姓吴,来自一座北方的城市。

910的信箱就在919的上方,我想起来,曾经陆鸣也错收过我的明信片,然后从门缝里帮我塞了进来。

我将这封信带回了家。信封已经有些破损了,它带着十二月的雨雪,几处开口露出厚厚的信纸的边角,像是写了许多时光深处的故事。

我把它放在玄关上,那封信安安静静躺在那里,我又瞅了一眼,直觉告诉我,这里有关于陆鸣的故事,我不知晓并且想知晓的过去,而我应该打开看一看。

它一定藏着什么,天杀的第六感。

思想斗争了很久,我洗好了澡,热好了牛奶,那封信还在脑子里转。结局是,我站在窗边的落地灯旁,沿着已经破损的开口,小心地打开了信封。

5.

Leon：

　　嗨，好久不见，收到我的信是不是很意外。

　　自从你离开洛杉矶之后，我们就断了联系。你离开得那样匆忙，换了手机号码，也不登陆社交号了，像是要跟我们刻意断了联系一样。大头说你是不想在洛杉矶这里多待一天，这里的回忆越甜蜜对你来说越折磨。他让我们暂时不要来烦你了，我们想着你回去处理完一些事情就会回美国，但无意中听见Mr鹿杖客说起他给你写的推荐信，才知道你早就辞掉了学校里的助教，打算回国发展了。

　　去年我也拿到学位准备回国，说来曲折也巧合，我从学校收寄室里找到了你的地址（有你寄回国内行李的存单）我也就记了下来。

　　不知道你过得如何，不过想来你这样优秀的人，在哪儿都会发光。

　　跟你说说我吧。

　　我回国了小半年，在家这边找了份待遇还不错的工作，之前跟堂主分分合合吵吵闹闹你们也看在眼里，一个在广州一个在青岛，想着回国了情缘也就断了，但谁知他来到了我的城市。十一的时候双方的家长见了面，说起来比想象中要顺利很多。年后我们就要开始准备结婚的事宜了，虽然事情很多头很大，和堂主也是意见分歧很多依旧吵吵闹闹的，但却很期待。谁会想到我们竟然是朋友里最先结婚的一对。

我总觉得还有话要与你说，正好前段时间整理上学时候的旧物箱，发现了Sandy的手稿。应该是她寄出去又被退回来的信，一直放在我的书柜里，遗忘到现在，我想着应该交由你保管最为妥当。

时间过得好快，转眼间Sandy已经走了一年半了，一切好像还发生在昨天。我们几个姑娘陪你去挑求婚戒指，堂主几个直男癌晚期布置场地准备惊喜，可谁也不曾想过世事如此，我们竟都没有见她最后一面。

我只记得那夜的洛杉矶下了一整晚的大雨，向来沉稳的你把喝得烂醉的肇事司机打掉了门牙，差点被起诉。

我回国前去看过她，她睡的地方种了很多玫瑰花，她最爱玫瑰花。我跟她说话的时候，有只知更鸟就站在她的墓碑上，待了很久，它甚至飞到了我的肩膀上，就那样歪着脑袋看着我，像极了Sandy，我感觉她一直跟我们在一起。

抱歉，不再说这些让人伤心的话了。

亲爱的Leon，愿你一切安好，你是我认识的最成熟最理性最智慧的朋友，我一直将你当作我人生的标杆和奋斗的目标。如果你能读到这封信，希望你能与我联系，我和堂主都很想念你，也期待我们在国内的相聚，我们的婚礼你一定得来参加！

我的电话……和微信……

不知道你还记不记得我的中文名了。

吴存希
12月20日

我心头压抑，胸口像压着石头，很难喘上气。

信件附着另一个小信封，上面写着"陆鸣亲启"，这字迹不是吴存希的，她的字迹娟秀整齐，这个字迹却更为洒脱天成，有些铁画银钩的英气。

这应该就是Sandy自己，她生前的手稿。这字迹有些熟悉，我大概知道了919室那盒信件的主人了。

我的心跳得厉害，鼻子开始泛酸，我知道我已经窥到了太多本来不应该知道的故事，但我还是打开了它。纸张的边角已经泛黄，开头是漂亮的花体字，写着他的英文名字。

Dear Leon：

  每年按照惯例，都会在今天给你写一封信，这是咱们在一起的日子。这是第七封信了，天呐，第七封。七周年快乐。天呐，真的从小到大。别说青春里有你，童年里都有你。

  可惜今年咱们不能在一起，无缘给你做我拿手的糖醋小排了。

  我还在这个大农村天天看着麦田，而你远在洛杉矶。所以应该亲手交给你的信只能过几天给你寄过去，不过你的新址有点扯，我不确定能不能寄到。

我在收拾行囊，过几天我也要远行了，很开心你能这样支持我的这个全球义工的计划，你不像他们调侃我说，只是为了环球旅行到处玩。你懂我，不需要我说什么，只一个眼神就知道。这真是最美好的事情。

接下来我离开的一年半时间，希望陆先生自己好好照顾自己，按时吃饭，按时睡觉，守身如玉，学业进步，事业有成，日赚斗金。我也会好好照顾自己，多学些技能，多结交一些朋友，多帮助一些需要帮助的人，成为更好的自己。我会经常给你寄明信片和礼物的，我想带着你一起在路上往前走。

之前我问过你，等我们十周年纪念的时候该怎么庆祝。

陆先生，请记住我们的十年之约。咱们说好的，九周年的时候在你的家乡订婚，我们一起听外滩的钟声，看江面的轮渡。十周年的时候在我们第一次见面的地方举办婚礼。不要很大，有你足够。我知道你知道，我是想想就开心，忍不住再自己乐呵一下。

永远爱你，等我回来。

一个爱人和世界兼得的深藏功与名的女子
12月3日 17:30

6.

我忽然看懂了，我全部都懂了。

我看懂了留在919房间里那盒按时间和地点整齐排列的信件箱。

我看懂了他戛然而止的八年恋情和他留在美国的前女友。

我看懂了陆鸣所有高深莫测的朋友圈。

他十二月寂寥无人的黑白外滩，他六月洛杉矶整夜的雨，他和她的十年之约。

我忽然明白了，我全都明白了。

为什么他不愿在雨夜开车。

为什么他会用那样的神情跟我说，晓莉，人总要向前看。

为什么他会回美国。

窗外是片星空下的浩瀚海洋，他沉默地站着，指尖烟蒂猩红滴落，随风入夜，萧然无声。他扭过头看向我，眉眼明明是那样忧悒的，眼睛里却星光流转，那里有我根本无法触摸的东西。

他没有说话，然而他的沉默里，结局远比我想象的还要哀痛。

他没有解释，我却深感自己的愚蠢无知和如此抱歉的羞怯。

我捧着他们的信,这样猝不及防地跌落进那无底的故事里。在这孤独的暖黄色光影里,我无力地跪坐在地,终于歇斯底里地放声大哭起来。

不是为我,而是为陆鸣,和她。

来年春

01 JANUARY
S	M	T	W	T	F	S
			1	2	3	4
5	6	7	8	9	10	11
12	13	14	15	16	17	18
19	20	21	22	23	24	25
26	27	28	29	30	31	

02 FEBRUARY
S	M	T	W	T	F	S
						1
2	3	4	5	6	7	8
9	10	11	12	13	14	15
16	17	18	19	20	21	22
23	24	25	26	27	28	

03 MARCH
S	M	T	W	T	F	S
						1
2	3	4	5	6	7	8
9	10	11	12	13	14	15
16	17	18	19	20	21	22
23	24	25	26	27	28	29
30	31					

04 APRIL
S	M	T	W	T	F	S
		1	2	3	4	5
6	7	8	9	10	11	12
13	14	15	16	17	18	19
20	21	22	23	24	25	26
27	28	29	30			

05 MAY
S	M	T	W	T	F	S
				1	2	3
4	5	6	7	8	9	10
11	12	13	14	15	16	17
18	19	20	21	22	23	24
25	26	27	28	29	30	31

06 JUNE
S	M	T	W	T	F	S
1	2	3	4	5	6	7
8	9	10	11	12	13	14
15	16	17	18	19	20	21
22	23	24	25	26	27	28
29	30					

07 JULY
S	M	T	W	T	F	S
		1	2	3	4	5
6	7	8	9	10	11	12
13	14	15	16	17	18	19
20	21	22	23	24	25	26
27	28	29	30	31		

08 AUGUST
S	M	T	W	T	F	S
					1	2
3	4	5	6	7	8	9
10	11	12	13	14	15	16
17	18	19	20	21	22	23
24	25	26	27	28	29	30
31						

09 SEPTEMBER
S	M	T	W	T	F	S
	1	2	3	4	5	6
7	8	9	10	11	12	13
14	15	16	17	18	19	20
21	22	23	24	25	26	27
28	29	30				

10 OCTOBER
S	M	T	W	T	F	S
			1	2	3	4
5	6	7	8	9	10	11
12	13	14	15	16	17	18
19	20	21	22	23	24	25
26	27	28	29	30	31	

11 NOVEMBER
S	M	T	W	T	F	S
						1
2	3	4	5	6	7	8
9	10	11	12	13	14	15
16	17	18	19	20	21	22
23	24	25	26	27	28	29
30						

12 DECEMBER
S	M	T	W	T	F	S
	1	2	3	4	5	6
7	8	9	10	11	12	13
14	15	16	17	18	19	20
21	22	23	24	25	26	27
28	29	30	31			

1.

点亮了生日蜡烛之后,烛光里姑姑鬓间的发里隐约闪着星光,她笑着让我许愿。我不太记得去年生日的时候许的什么愿了,偏不离与爱情有关,总之没有如愿就对了。

我轻轻许了愿,吹熄了这二十八岁最后的一抹光影。

姑姑问我许了什么愿,我揶揄着说了就不灵了。

我们吃了蛋糕,然后一起窝在沙发上裹着毯子看电视,荧屏里鲜肉花旦玛丽苏杰克苏齐飞,姑姑挨着我的肩膀昏昏打盹。沙发边的小矮柜上,一封信笺静静躺着。台灯暖黄灯下,温暖得像个梦境,我忍不住弯起了唇角。

然后我忽然开口对姑姑说:"今年的相亲,咱们什么时候开始?"

她从睡意中惊醒,迷迷糊糊地望着我,半天没回过神,很久之后才发声:"啥?"

"你已经放弃我的相亲计划了吗?"我歪着脑袋开玩笑地说,"我都做好相亲攻略了。"

"之前看你不情愿,尤其……发生那么多事情,怕你心情不好。不过你既然这么说了……"姑姑大概是从未见我对于相亲这事如此主动,有点将信将疑,但看这跃跃欲试的表情,更像是准备趁热打铁。

"晓莉啊你也可以多出去转转走走嘛，有什么共同兴趣爱好的，或者朋友认识的人，只要聊得来就很好啊。"姑姑如是说。

我点头应是："嗯，我准备定期参加书店的读书会。今年空闲的时候，多和朋友们同事们出去走走聚聚，多认识一些人。"

"你要是有心最好了！"姑姑说完，深深地拥抱着我。

我展颜笑起来，心里有朵新生的云，又柔软又轻松，同时充满了希望。这不同于二十八岁这年对未来的迷茫无绪，对爱情矛盾的期待与质疑，以及对相亲的强烈排斥和逆来顺受。

其实在今天之前，我还没有这样的想法。

午休时间我去了公司楼下的咖啡店，邱胜屿在靠窗的位子坐着，看见我向我挥了挥手。他瘦了许多，脸颊和眼窝显得有些凹陷，身形清癯像寒冬里的最后一片叶。

早些时候接到他的电话让我有些意外，他说有事要与我说。娇娇葬礼后我再也没有见过邱胜屿，我们都在有意无意地回避着这个唯一的交集点，那个现在只有疼痛的点。

"生日快乐。"这是邱胜屿见到我的第一句话。

"谢谢。"我笑了笑，然后看见他递过来的礼盒，连忙摆手，"心领了，就别破费了。"

邱胜屿坚持递过来，并说："这是娇娇准备的。"

他语气停缓了一阵，才继续说："她说是给你明年生日准备的大礼，一直放在卧室床头柜里。我一直留在身边，想帮她代交给你，希望完成她生前的一些愿望吧。"

"谢谢。"我这才小心接了过来,礼盒上绑着粉红色的丝带,我心口隐隐发痛,半天没有勇气现在打开。

我默默收了起来,看向邱胜屿,半天无言。

"好久没联系,你还好吗?看起来神色差些,睡眠不好吗?"我如是问。

邱胜屿苦笑:"成天都是昏昏沉沉的,分不清什么时候是睡着的,什么时候又是清醒的。不过也好,总是能见到娇娇,不管是梦里还是现实里。就像我之前来的路上,她好像就坐在副驾驶上,默默看着我,皱着眉头让我开慢点。感觉她一直在身边陪着我,从来没有离开过。"

我说不出什么逝者已逝的话,也讲不出"想开点""走出来"这样的劝慰。

哪怕娇娇是我的挚友闺密,但与邱胜屿相比,我没有任何的发言权去体会他的痛苦。他和陆鸣一样,都这样猝不及防地失去了爱人和美好的未来。最怕不是爱情走到尽头,也不是爱情里的欺瞒与背叛,而是生离死别后徒留未亡人,他们只能靠自己走出来。

"你以后有什么打算?"我问邱胜屿。

窗外开始落起了雨,淅淅沥沥打在玻璃上。他偏头看了阵,默默说:"娇娇以前说想去爱琴海度蜜月,我已经订好了三月底的机票,带她一起去看看。之后……我可能会离开上海,去其他地方,娇娇说喜欢成都,我或许会在那落脚。"

过了一会儿,邱胜屿又笑说:"等你和顾医生结婚的时候,一定要请我和娇娇来观礼。"

我并没多解释我与顾松竹的结束,笑着点头应了。分手后，我们再没有联系，只是有次姑姑去医院拿药，说远远看见了他，是那样朗月清风的样子。

我们两人沉默地喝完咖啡，各有所想。

邱胜屿与我在咖啡店门口告别，他看着我，眼波里水雾暗涌，喉结微微滑动，似乎还有什么话想说，但良久他只勾起一抹笑："晓莉，再见。"

那阴云厚重暗沉，我目送他消失在雨幕里的身影，轻轻说了句，再见。

回到公司，同事们还在休息室里闲散聊着天，时而发出几阵爆笑。我在格子间里坐下，深吸了口气，打开娇娇给我的生日礼物。

有一本婚纱店的宣传册，还有一张的银色的会员卡，上面印着婚纱店的logo以及我的名字。

我找到了娇娇写给我的卡片。

亲爱的晓莉，我的闺密，宝宝的干妈，生日快乐！

　　远在你还是二十八岁的时候，我就准备好了为你庆祝二十九岁生日的礼物。那天看你穿婚纱时那样美，就开始幻想你的婚礼是什么样子。所以，送给你婚纱，是我唯一想到的最好的礼物。

　　我在会员卡里为你存了五种样式的婚纱。放心，到时候我还是会陪你一起好好挑选的。保证你美美地挽着Mr. Right的手臂，走向美好的未来。（我看着也不远了哈哈）以前你总说爱情绝缘体之类的遇人不淑，但我始终相信，爱情会以它最好的模样，在最好的时间，降临在你的身边。因为你值得拥有最好的爱情。

　　还有，你要始终记住，有个会永远爱你的小辣椒，爱你烟火气里的灵气，爱你骨子里的温暖。最后，再祝你生日快乐，永远幸福。

娇娇

　　我沉默地站起身，穿过落地窗边的走廊往卫生间走去。雨势细密至倾盆，城市笼罩在雨雾里，变得模糊而迷幻。我隐约望见了只灰蓝色的鲸鱼，它悠闲地喷着水柱，在厚厚的云层里时隐时现地缓慢游着，然后它一个跳跃，最后的一点尾巴影子，藏在了云层之后，再也看不见了。

　　我扶着落地窗凝视着镜面投映出的偌大城市，城市里有我满脸泪水的笑脸。

　　我来不及走到卫生间，在这无人的长廊里，沉默地笑着，无声地哭了一场。

　　雨停了天就晴了，冬天走了，春天就来了。我的十二月，终究会过去。

　　来年春天的生日，我许愿，愿我始终相信爱情，不管早晚。

2.

这是我今年的第一场相亲。

来的路上堵得厉害,不过庆幸的是,我没有迟到。

这家餐厅藏在巷子里的老洋房里,我偏头避开木廊下的几盆吊兰,推开了门,店面不大,古典欧式的装修风格,我在角落里坐了下来,一盏暖色的西洋吊灯罩着木质的桌面,场景有些熟悉,我隐约想起了这个地方。

来之前姑姑几次三番跟我强调,这次相亲的小伙子她已经见过了,非常靠谱,让我怎么着也要好好表现。其他的,她并没有说太多,但我从她的眼睛里已经读到了她多中意这个相亲对象。

我不知道今年我要相亲多少场,或者说我还要相亲多久。但我已然逐渐理解了相亲这件事,它只是个过程。

它起始于我的渴望爱情,它将终于我的找到归宿。

倒不是爱情一定会以相亲的形式与我撞个满怀,它或许出现在无人的街角,在书页的尾端,在交错的人潮里,在一次偶然又必然的相逢。但至少,因为相亲这件事,我始终在路上寻找着,我始终心里充满着对爱情的希望。

因爱生,因爱终,所以它未必是件坏事。

离约定时间还有十分钟的时候，接到了陌生号码的短信。

是相亲对象发来的："徐小姐，路上有些拥堵，我可能要迟到一刻钟左右，非常抱歉。"

"好的，没关系。注意安全。"我回完短信，忽然意识到，我连这人的名字也没问。只是听着姑姑的热烈推荐，显得盲目而无防备。趁这个空当，我给姑姑发着消息，询问这场相亲里对象的名字信息。但是姑姑并没有及时回复我。

店里放着 *Let It Be Me* 的音乐，窗外微雨，廊下植被花影扶疏，我脑海一瞬在想，是不是有人站在后面，打着电话。而后我笑着敲了敲脑袋，静静低头刷着手机，不知道什么时候养成了看地图路况的习惯，中环一段，红得发紫。

服务员走过来推荐小店的公众号，递来了名片。我把它收进钱包，摆在两张时雨色墨水的便签后面。

门下铃铛急促响了几声，我下意识抬头望过去。

有人推门而入，在门口张望着，他黑色的皮夹外套里面是灰色的羊绒毛衣，简单干净，细节上却也讲究。店里暖黄色的光线显得有些暧昧，他的面容一半隐在阴影里看不真切，而后他迎上了我的目光，唇边笑痕渐深。

耳边响着："I want to stay with you, now and forever..."

我心口无法克制地狂烈跳动了一阵，脑袋跟着放空了。

我仓仓皇皇地想站起身，但全身绷直再无法动弹，我就这样瞪着眼睛僵坐在位子上，所有的事物变得遥远和暗淡，画面里只有这缓缓走来的人。我忽然感到从未有过地安定和放松，我听见远处春花盛开的声音，听见柳莺在飞芳草在长，看见海浪里星辰在跳跃，看见银河流淌进他的眼睛里。

那瞬间，人生什么的，命运什么的，忽然明白了。无非就是他，无非只有他。

他走到我面前，笑着伸出了手。
"抱歉，来晚了。我是陆鸣。"
"嗨，我是徐晓莉。很高兴认识你……"

图书在版编目（CIP）数据

相亲攻略手册 / 姚佳黛著. -- 成都：四川文艺出版社，
2018.8

ISBN 978-7-5411-4936-8

Ⅰ.①相… Ⅱ.①姚… Ⅲ.①长篇小说—中国—当代 Ⅳ.
①I247.5

中国版本图书馆CIP数据核字(2018)第111811号

XIANGQIN GONGLUE SHOUCE
相亲攻略手册
姚佳黛 著

策　　划	周　轶
责任编辑	程　川　谭　黎
封面设计	象上品牌设计
内文设计	史小燕
责任校对	王　冉
责任印制	周　奇
出版发行	四川文艺出版社（成都市槐树街2号）
网　　址	www.scwys.com
电　　话	028-86259287（发行部）　028-86259303（编辑部）
传　　真	028-86259306
邮购地址	成都市槐树街2号四川文艺出版社邮购部　610031
排　　版	四川最近文化传播有限公司
印　　刷	四川五洲彩印有限责任公司
成品尺寸	145mm×210mm　1/32
印　　张	9.5　　　　　　　　字　数　200千
版　　次	2018年8月第一版　印　次　2018年8月第一次印刷
书　　号	ISBN 978-7-5411-4936-8
定　　价	39.00元

版权所有·侵权必究。如有质量问题，请与出版社联系更换。028-86259301